suhrkamp taschenbuch 3125

Das Töten verfolgt Geoffroy Lefayen quasi seit seiner Geburt. Seitdem ihm die Schuld am Tod seines Bruders zugewiesen wurde, bedeutet er für andere Lebewesen Vernichtung. Dabei sucht der schweigsame Hobby-Präparator nichts anderes als einen Freund, der ihn nie mehr verläßt. Zurückgezogen auf der Leuchtturminsel Cordouan, versucht er die Welt vor sich zu beschützen, doch die Welt sucht ihn immer wieder von sich aus auf.

Jedesmal wenn Besuch vom Festland kommt, schließt er sich in seinem Turmzimmer ein, bewegt sich wie ein wildes Tier im Käfig. Ein junges englisches Paar, das seine Trauung im Leuchtturm plant, übersteht seinen Ausflug auf die Insel nicht lebend. Wie aus Versehen bringt Geoffroy sie um, denn sie haben etwas, was er nicht hat. Liebevoll präpariert er ihre Leichen, damit sie in der Ewigkeit vermählt sein können. Sie werden von nun an seine Gefährten sein.

Erst Lise, der rothaarigen Ingenieurin vom Wasser- und Schifffahrtsamt, gelingt es, Geoffroy aus der Gewalt des Leuchtturms zu befreien, doch inzwischen ist er verantwortlich für den Tod von fünf Menschen.

Vincent de Swarte, 1963 geboren, lebt heute in Paris. *Der Leuchtturmmörder* ist sein erster Roman.

Vincent de Swarte
Der Leuchtturmmörder

Roman

Aus dem Französischen von
Hinrich Schmidt-Henkel

Suhrkamp

Die Originalausgabe erschien 1998
unter dem Titel *Pharricide*
bei Calmann-Lévy, Paris.

Umschlagfoto: Ron Watts/ Westlight/ Premium

Die Übersetzung wurde gefördert aus Mitteln
des französischen Kultusministeriums –
Centre national du livre.

Deutsche Erstausgabe
suhrkamp taschenbuch 3125
Erste Auflage 2000

Druck: Ebner Ulm
Printed in Germany
Umschlag nach Entwürfen von
Willy Fleckhaus und Rolf Staudt

1 2 3 4 5 6 – 05 04 03 02 01 00

Der Leuchtturmmörder

Für meine Mutter

CORDOUAN: Leuchtturm in der Gironde-Mündung, 1584-1610 auf dem Felsen Antros erbaut, 45°35'11" nördlicher Breite, 1°10'25" westlicher Länge. Höhe 64,80 m über mittlerem Hochwasser, Reichweite 21 Seemeilen. Weißer Turm mit Laterne und dunkel abgesetztem Streifen in der Mitte. Breites, ringförmiges Sockelgeschoß mit Ausfallpforte (nur bei Niedrigwasser zugänglich), im Sockel auch Küche und Wohnräume. Die Anlange steht unter Denkmalschutz.

3. Oktober

Meine Mutter nannte mich Geoffroy (mein Vater trat vor meiner Geburt sein Noviziat als Mönch an und ließ nie wieder von sich hören), genau wie meinen Bruder, der ein Jahr vor mir zur Welt gekommen war, als Totgeburt. Ich habe vor meinem Namen schon immer Angst gehabt, er klingt nach »effroi«, *Entsetzen*. Mit dem Familiennamen dahinter kann ich ihn schon gar nicht leiden: Lefayen, in einem Wort, nicht Le Fayen, das wäre ja adlig. Trotzdem nannten sie mich in der Schule den Baron, dabei hielt meine Mutter damals, in den 40er Jahren, Hühner hinterm Haus, einer ziemlich heruntergekommenen Bude in einer Siedlung am Stadtrand von Saint-Brieuc. Später, bei der Arbeit, haben sie mich den Ägypter genannt (weil ich nicht so gesprächig bin, aber kein Wunder bei einem Hochseefischer). Heute ist mir klar, wie gut dieser Spitzname paßte, ein Omen.

Meine stille Art hat mir nicht viele Freunde eingebracht. Jean Frot war da mal, ein Kollege auf Pierres Noires, einem anderen Leuchtturm, den habe ich aus den Augen verloren, und die beiden Rogers von der *Geneviève*, aber die sind im Gefängnis gelandet, und heute, wo ich das hier schreibe, fünfzehn Jahre später, sitzen sie wahrscheinlich noch immer, es sei denn, sie sind tot. Außerdem ist da Joël, der das, was ich mache, mag (er findet, ich bin ein Künstler). Das wär's, so weit ich auch zurückdenke.

Wortkarg, nicht gerade gesellig, aber ich glaube, freundlich bin ich. Ich kann diese Freundlichkeit in mir spüren, warm und unversehrt ist sie, groß und ewig. Ganz tief in mir drin habe ich Lust, mit den anderen zu spielen, wie ein Kind, oder wie ein Hund, dem man ein Stöckchen wirft, immer weiter weg, und er apportiert es unermüdlich, mit wackelndem Hinterteil, sabbernden Lefzen, stolzen, durchgedrehten Augen, hochgereckter Nase, voll panischer Angst, daß es irgendwann aufhört. Und ich würde mich geduldig mit einem Klaps oder einem Wort in meine Hütte schicken lassen, wenn ich anfange zu nerven. Das bin ich nämlich eigentlich: Ein gutmütiger dicker Wauwau. Alle Menschen sind eigentlich tief in ihrem Inneren gutmütige dicke Wauwaus. Das Problem ist nur, es sitzt so tief in ihrem Inneren drin, daß sie es am Ende vergessen.

Statt ein widerlicher Köter zu werden, der den Briefträgern und allen anderen Leuten hinterherkläfft, bin ich irgendwann lieber zur See gegangen; und seit acht Jahren arbeite ich jetzt als Leuchtturmwärter. Auch wenn es nicht immer leicht ist, wochenlang auf einer krümelkleinen Insel, für die Ohren tonnenweise Meer an den Klippen, für die Augen kaum was zwischen dem Bauchnabel und der endlosen Weite, diesem winzigen Bauchnabel, dieser winzigen Weite. Aber fern von den Menschen fühle ich mich menschlich. Vielleicht wegen dem Wind, den Möwen und den Taschenkrebsen, aber trotzdem menschlich, ich meine freundlich. Außerdem, heute wüßte ich gar nicht mehr, was ich sonst machen sollte. Nicht mal mehr auf hohe See fahren. Einsiedler vielleicht, drei Ziegen hüten auf einer kargen Hochebene. Mönch, wenn der Gott der Katholiken mein Freund wäre, ist er aber nicht. Nein, wirklich, was sonst.

Kürzlich habe ich erfahren, daß ich beim Wasser- und Schiffahrtsamt beliebt bin. Wegen meiner draufgängerischen Art, meiner stahlharten Ausdauer und meiner Kraft, wie Jean Valjean in *Die Elenden*. Ich würde in die Annalen eingehen, hat es geheißen. Ich sei ein echtes Original, dabei fehlt es in dem Metier nicht gerade an Brocken wie mir. Ein »magnetisch anziehender« Typ sei ich, hat irgendwann einer von den Ingenieuren gesagt, muß man sich mal vorstellen.
So liebenswürdig sind die, seit es auf Cordouan diese vielen Probleme gegeben hat. Erst hat die Halogenlampe, zweitausend Watt, Joël die Netzhaut verschmort, beide Augen, tausend Watt pro Säuferglotzer. Ein Unglück kommt selten allein: Das Ehepaar, das mit ihm den Leuchtturm versorgte, kam acht Tage später bei einem Autounfall ums Leben. Die Verwaltung schickte zwei noch nicht fertig ausgebildete Wärter hin, als Lückenbüßer, aber es gab Ärger; irgendwelche Schmuggelgeschichten oder so, sie haben sich nicht groß darüber ausgelassen. Da bin ich ihnen eingefallen. »So viel Arbeit ist es gar nicht«, haben sie gesagt, »mit den Stromaggregaten läuft der Leuchtturm wie von allein, das wissen Sie ja. Nur Unterhaltungsarbeiten, vielleicht ein bißchen mehr als sonstwo, sicher mehr als auf Pierres Noires, aber es ist ja auch nicht für immer. Erst mal das halbe Jahr bis April ... Wir tun auch alles, um

einen zweiten Mann für Sie aufzutreiben. Wir haben hier in der Gegend einen pensionierten Wärter, der wäre zu vierzehntägigen Wechselschichten bereit. Oder vielleicht ein Anwärter. Wissen Sie was? Machen Sie erstmal bis Weihnachten, alle drei Wochen kommt Verpflegung, und nach den Feiertagen reden wir wieder, im Januar. Wenn Sie Lust haben, machen Sie weiter, wenn nicht, eisen wir wen anders los. Natürlich bekommen Sie eine Zulage.«

Und so weiter, Rhabarber, Rhabarber, als müßten die mich zum Dienst auf dem Mond überreden. Dabei ist ein halbes Jahr ein Klacks. Früher mal hat einer von meinen Vorgängern zwei Jahre ganz allein gemacht, auf Edystone. Na ja, hinterher hat er sich totgesoffen. Aber sechs Monate sind nicht zwei Jahre. Auf Pierres Noires damals, als Jean Frot und ich dreizehn Wochen lang ohne Nachschub festsaßen, war ich fast traurig, als der Kollege die Strickleiter hochgeschaukelt kam. Ich hätte gut und gern noch mal drei Monate draufgelegt, und dann noch mal drei, wenn nötig. Ach was, sogar zwei Jahre, trotz dem schweren Meer da unten, das die Scheiben der Laterne einschlägt wie eine Gangsterfaust, daß das Wasser nur so die Treppen runterrauscht, und zwar immer nachts, sonst wäre es zu einfach.

Nein, das eingeschränkte Leben macht mir keine Angst. Nur eines auf Cordouan macht mir angst: mein ägyptischer Magnetismus. Ich bete zu Gott, daß in diesem halben Jahr niemand kommt, niemand niemand, nicht mal der Ingenieur vom Wasser- und Schiffahrtsamt, nicht mal Nachschub, ich schlage mich bis April mit

Fisch und Krebsen durch, pfeif doch auf Gemüse und frisches Obst, pfeif auf die Weihnachtstorte.

10. Oktober

Schon von der Küste aus ist Cordouan phantastisch. Wenn Regen im Anzug ist, kann man den Leuchtturm glasklar sehen. Fast erkennt man die Affengesichter, Delphine und Akanthusranken, mit denen Tür- und Fensterrahmen geschmückt sind. Und bei schönem Wetter scheint der Turm auf dem Horizont zu schwimmen wie eine Fata Morgana. Von Royan aus braucht man mit dem Küstenwachboot eine Stunde, länger nicht. Die erste Tour zum Kennenlernen vor einem Monat werde ich mein Lebtag nicht vergessen. Selten, daß die Sonne zu der Jahreszeit so strahlt wie heute, meinte der Ingenieur aus Le Verdon. Ich sah, wie mein künftiger Dienstsitz auf mich zukam, langsam wie ein Waran, der sich auf die Hinterbeine erhoben hat. Ich war zugleich stolz und besorgt. Was hatte nur irgendwann irgendwen geritten, den Stein wie ein Stuhlbein zu beschnitzen, mitten im Meer? Und durch welches Wunder steht er heute noch da, so gut wie unversehrt, nach vier Jahrhunderten inmitten der Brecher, unverändert majestätisch? Die Touristenprospekte nennen ihn den »König der Leuchttürme«. Das trifft es genau: Niederknien könnte man vor ihm, demütige Worte flüstern oder Gebete. Der König von Atlantis. Als wäre er aus der Tiefe aufgetaucht, hätte in voller Fahrt die Wasserfläche durchbrochen, wie ein U-Boot, und jetzt steht er hier, seelenruhig, wacht über Boote und Schiffe, ohne es sich anmerken zu lassen, und blickt die Menschen verächtlich von oben her an.

Gegen sieben Uhr morgens legten wir am Strand an. Das Wasser war klar wie in einem Trinkglas. Der ockergelbe Sand knirschte grob unter unseren Schritten. Zusammen mit einem Trupp Silbermöwen warteten wir eine gute halbe Stunde auf Niedrigwasser. Dann wateten wir in Stiefeln zur Ausfallpforte, wo die Aushilfswärter standen. Ich machte einen Rundgang als neuer Hausherr, wollte alles sehen, den runden Sockel mit der Küche, den Wärterzimmern, dem Schlafzimmer des Ingenieurs (der früheren Wohnung des königlichen Offiziers), dem Funkgerät und den Stromaggregaten. Und dann den Turm selbst von den Kellerräumen bis hinauf zu den Linsenapparaten des Leuchtfeuers. Zweihundertneunzig Stufen, von denen es auch in die Kapelle und die drei Räume unter dem Wachzimmer abgeht. Schließlich die Galerie, ein Dach der Welt, tagsüber zu nichts anderem nutze als zur Erinnerung, daß man wirklich winzig ist, schwindellerregend winzig, daß man Halsweh und Bindehautentzündung riskiert oder sogar den Wahnsinn. Es sei denn, man will die Leere ringsum genießen. Oder bei Ebbe zur Pointe de Grave hin den Strand von Cordouan betrachten, diese Form wie ein verstümmelter Walschwanz. Und wenn man sich hinauslehnt, immer noch bei Ebbe, aber diesmal zu den flachen Felsen hinaus, deutet der Schatten des Leuchtturms zu den gefährlichen Strömungen.

Wir aßen gleich dort, die Hilfswärter freuten sich, obwohl ich alles andere als ein angenehmer Tischgenosse bin; der Ingenieur redete für zwei. Anschließend listeten wir die verschiedenen Arbeiten auf. Alle staunten über mich; nach zwei Stunden war alles soweit klar. Für den Profi ist Leuchtturm mehr oder weniger gleich Leuchtturm, sofern sie mit dem gleichen Apparat bestückt sind. Ansonsten ist es auf dem einen so langweilig wie auf dem anderen. Danach zeigten mir die Hilfswärter ein paar gute Angelstellen, die Verstecke der großen Taschenkrebse, die Felsen, an denen die meisten Muscheln sitzen, und die besten Garnelenlöcher. Dann tranken wir einen, um überhaupt noch was zu tun.

Bei der nächsten Ebbe kam das Küstenwachboot, *La Pibale*. Wir mußten wieder knietief durchs Wasser, und dann entfernte sich mein Leuchtturm allmählich von mir, wie das Foto einer vergessenen Frau, im sich langsam neigenden Tag. Bis in den Hafen ließ er meinen Blick nicht los.

Bis dahin hatte ich der Verwaltung noch keine verbindliche Antwort gegeben. Als Cordouan seine ersten grünen, weißen und roten Lichtblitze durch die Nacht sandte, die ihre Schicht antrat, da zögerte ich noch. Trotzdem, abgesehen von einem guten Morgen, ein paar Belanglosigkeiten und zwei, drei technischen Fragen hat der Ingenieur an diesem ganzen magnetischen Tag von mir fast nur eins gehört: »In Ordnung dann. Aber ohne Kollegen. Ohne Hilfswärter. Und ohne den Alten.«

14. Oktober

Was noch nie da war: Hier fühle ich mich schön. Und ich will gefallen, das hat es auch noch nie gegeben. Schade, daß niemand da ist, mit dem ich flirten kann. Dieser Leuchtturm, dieser schöne Leuchtturm ist in mich eingedrungen, jeder seiner weißen Steine macht mich innerlich weiß. Mir ist, als würde ich selber zum Leuchtturm, würde mich »leuchtturmisieren«. Eine Liebe auf den ersten Blick war das letzten Monat.
Ich bin zwar alles andere als Spezialist für so was, aber es ist ganz klar Liebe, jedenfalls das, was ich mir darunter vorstelle. Diese Sehnsucht, der andere zu sein, ihm zu gehören und ihm alles zu schenken.
Der andere, für mich: der Leuchtturm.
Cordouan hat mich geweckt. Cordouan hat meine Seele freigelegt. Hat mich an alles erinnert, was ich in mir trage, hat das Vielleicht ersetzt durch Gewißheit.
Ich hatte immer so ein Gefühl, daß das irgendwann passieren würde, aber ich wußte nicht, wann.
Heute. Cordouan hat meine Skalpelle ausgegraben.

15. Oktober

Meine Tage klingen hohl wie Muscheln. Morgens, eine Viertelstunde vor Sonnenaufgang, schalte ich das Leuchtfeuer ab. Ich steige hoch, kontrollieren, auch wenn das eine überflüssige Vorsichtsmaßnahme ist, und mache per Funk die erste Meldung. Danach habe ich zu viel Zeit. Zwischen den Tiden hänge ich das Senknetz ins Wasser, drei Stunden später hole ich es heraus, gespannt, ob etwas anderes drin ist als kleine Grundeln und Algen. Ich poliere das Geländer und alle Eisenteile der Galerie, ich bringe das Glas der Laterne zum Glänzen, schrubbe die Eichendielen in der Wachstube, halte Tür- und Fensterrahmen instand und öle die Scharniere, repariere eine Elektroleitung im oberen Treppenhaus; kurz, ich verbastele mir die Zeit. Um elf fange ich an zu kochen, um zwölf esse ich zu Mittag. Von eins bis vier bummele ich irgendwie herum, sehe fern, mache ein Schläfchen oder lege Patiencen, löse Kreuzworträtsel, streiche das Ruderboot, einen flachen Prahm, ziehe am Heizöltank eine Schraube nach, kontrolliere die Leitungen der Regenwasser-Zisternen, spaziere bei Ebbe in Anglerstiefeln über die flachen Felsen um den Turm, kratze ein paar Muscheln fürs Abendessen von den Steinen, kümmere mich um meine Krebszucht, die ich überallhin mitnehme, wie eine Frau ihr Kosmetikköfferchen (ich bin verrückt nach Flußkrebsen), steige zur Galerie hoch, um noch eine halbe Stunde totzuschlagen, Kleinvieh macht auch Mist. Um fünf die zweite Funkmeldung. Eine Viertelstunde vor Sonnen-

untergang schalte ich das Leuchtfeuer an, gehe hoch, kontrollieren, auch diesmal eine überflüssige Vorsichtsmaßnahme, aber bei der Gelegenheit sehe ich nach den Bojen ringsum und den anderen Leuchttürmen der Gegend. Wenn irgendwas nicht ganz normal wirkt, was selten vorkommt, funke ich La Coubre oder Terre-Nègre an, und wenn die meine Beobachtung bestätigen, rufe ich beim hiesigen Wasser- und Schiffahrtsamt an. Ich esse vor dem Fernseher zu Abend, mache den Abwasch, fege den Boden oder wische auf, dann sehe ich im Schlafzimmer weiter fern. Das Logbuch führe ich manchmal dabei, manchmal danach, mein Tagebuch immer danach. Ich dämmere bis um eins, dann wäre Schichtwechsel, wenn ich einen zweiten Mann hier hätte, steige zum Feuer hoch, zähle dabei die Treppenstufen, steige wieder runter und zähle sie noch mal, dann schlafe ich bis kurz vor Sonnenaufgang.
So sieht mein Tagesablauf aus, kurz gesagt; die Stunden folgen aufeinander im Rhythmus einer Uhr, deren Werk vom Salz zerfressen ist. Seit gestern aber hat sich eine Vorahnung von Aufruhr in die Zahnräder eingeschlichen, denn ich habe mein Material inspiziert, und die Aussicht, wieder an die Arbeit zu gehen, macht mich wahnsinnig froh.

21. Oktober

Vorgestern habe ich einen glitzernden jungen Meeraal zwischen den Felsen rausgezogen, vorsichtig, damit ich ihn mit dem Bootshaken nicht so zurichte. Für einen Tag habe ich ihn in die Kühltruhe gesteckt, dann herausgeholt, gewaschen und auf ein Laken gelegt. Und ihn lange gestreichelt. Das ist für die nachfolgenden Arbeiten nicht unbedingt nötig, aber das Tier ist tot, ich muß es trösten, so gut unsereiner das eben kann. Ich habe geflüstert: »Kleiner Meeraal, dich hat es erwischt, schon so jung, jetzt stehst du bald am Eingang zum Paradies der Meeraale, im großen himmlischen Ozean, vielleicht warten deine Eltern und deine Freunde schon auf dich. Da darfst du nicht so aufkreuzen, wie du jetzt aussiehst, verknittert und schmutzig, ganz faltig und krank. Ich muß dich schön machen, dich vorbereiten, schmücken, dich schminken, als wärst du lebendig, sogar noch besser, ja, ich gebe mir Mühe. Keine Sorge, du bist in guten Händen, bei Onkel Geoffroy, dem Freund der Meeraale und aller Fische aus allen Meeren.« Jemandem, der in großen Schwierigkeiten ist, müssen solche Worte einfach guttun.

Auf dem Mahagoni-Tisch im Ingenieurslogis legte ich links die Skalpelle, Nadeln, Klammern, Pinzetten, Scheren, Bürsten und Glasaugen aus (ich sehe gern von Anfang an die Augen, obwohl sie erst ganz am Ende drankommen, als Tüpfelchen auf dem i, einfach weil das hübsch ist, dieser Strauß von Augen an den kupfernen Stengeln), rechts den Borax, die Rolle Pechdraht, die längeren Nägel und die kurzen Flachkopfnägel, das Wachs, den Leim und die Finierpulver, in der Mitte das gröbere Werkzeug. Ich beugte mich über meinen Baby-Meeraal und brachte mit sicherer Hand vom Kopf bis zum Schwanz einen langen Schnitt an, auf der Seite, wo ihn der Haken erwischt hatte. Ich schnitt die Flossen ab, sezierte die Schädelknochen und die Kiemen, trennte die Haut vom Fleisch, schälte die Augen und die Bäckchen heraus, entnahm die Zunge, schnitt das Fett vom Fleisch, wusch die Haut und bepuderte sie mit Borax. Danach setzte ich an der Stelle des Fleisches und der Eingeweide den neuen Gipskörper ein, den unverweslichen. Mir war, als würde ich etwas einpflanzen, das Unsterblichkeit garantiert, als würde ich Stahlbeton gießen, in Ewigkeit, amen, als würde ich unvergängliches Leben einhauchen. Und ich putzte ihn mit Finierpulver heraus, bevor ich schließlich die Haut mit sterilem Faden vernähte.

Ich dachte an die beiden Rogers. Ihr andächtiges Schweigen während der Operationen, dieses Schweigen, das immer bei kniffligen Arbeiten herrscht. Nichts konnte sie ablenken, nicht einmal schwere See, nicht einmal, wenn das Schiff anfing zu schaukeln oder besorgniserregend zu schlingern. Die *Geneviève* hätte untergehen können wie ein Stein, die beiden hätten nicht aufgeschaut von ihrem Werk.

In ein paar Tagen mache ich mit meinem Meeraal weiter. Dann nehme ich die Pappstückchen ab, die die Flossen stützen, probiere verschiedene Glasaugen und suche eins aus, eines, das mir gefällt, nicht unbedingt den

Zwilling des echten. Ich stelle dem Fisch ein Stäbchen ins Maul, das ich mit perlgrauer Farbe besprühe, und befestige ihn auf einer lackierten, mit der Scherenspitze ziselierten ovalen Holzplatte. Dann ist es ganz vollbracht, und ich brauche nur noch eine Stelle zu finden, die seiner würdig ist. Davon gibt es auf Cordouan genug. Vielleicht über der Tür im Sockel, als Willkommensgruß. Oder im Wachzimmer. Auch an die Kapelle habe ich schon gedacht, aber bei der Idee stockt mir das Blut.

Obwohl er noch mit Haarspangen gespickt ist, sehe ich schon, daß der Meeraal vom Antros-Felsen die schönste Arbeit meiner gesamten Laufbahn als Amateur-Präparator wird. Ja gut, ich bin so hingerissen, weil es lang her ist ... Aber er ist wirklich ein Prachtstück. Wenn Joël Lacassanne ihn sehen könnte, der wäre baff. Joël – in den langen Stunden, die die Leuchttürme ihm gestohlen haben, hat er Miniaturkarusselle gebaut für seinen kleinen Damien, das arme Mongölchen –, Joël würde sagen: »Geoffroy, du bist ein wahrer Künstler, da gibt es gar nichts.« Und tief in mir drin, da, wo ich mich freundlich fühle, wäre ich glücklich.

Erst mal mache ich jetzt das Licht aus, es ist schon zwei Uhr durch. Obwohl ich weiß, daß mir das Meeraal-Baby den Schlaf rauben wird. Und wenn es gar nicht geht, steige ich zur Laterne rauf, da finde ich sicher eine Möwe, die sich verflogen hat und mit der ich ein paar Minuten schwatzen kann.

26. Oktober

Neben dem täglichen Einerlei habe ich die letzten Tage über meinem Meeraal verbracht, bis gestern, Mittwoch, als der Nachschub kam, achtundvierzig Stunden früher als vorgesehen, wegen der Sturmböen, die es Freitag geben soll. Dabei habe ich am Telefon gesagt, daß es noch Zeit hat, aber das haben sie nicht hören wollen. Ich weiß nicht, warum der Kerl mich duzte.

»Gut, dann bleibe ich im Wachzimmer.«

»Irgendwas nicht in Ordnung, Lefayen?«

»Nein, alles bestens, aber ich will Sie lieber nicht sehen, verstehen Sie, dann ist es hinterher nicht so schwierig. Ich bin sowieso schon eine gute Woche über die Zeit. Und muß aufpassen, daß ich den ganzen Winter lang durchhalte. Wenn ich wen sehe, dann fällt das noch schwerer als sowieso. Nächsten Monat geht es sicher besser, dann hab ich mich dran gewöhnt, ob ich dann wen sehe oder nicht, bleibt sich gleich. Jetzt kapsele ich mich gerade erst wieder ein, aber das ist noch nicht ganz geschafft. Es wäre nicht gut für mich, wen zu sehen.«

»Wenn der Ingenieur kommt, mußt du dich aber blicken lassen, da gibt es nichts.«

»Kein Problem, mit dem Ingenieur komme ich schon klar, der gehört irgendwie zum Leuchtturm. Ihr anderen habt immer etwas vom Land an euch, den Duft von etwas Gemütlichem, von euren Häusern, euren Frauen. Wenn ich euch kommen oder wegfahren sehe, das haut mir rein.«

»Brauchst du was Besonderes?«
»Wenn Sie mir vielleicht grobes Salz besorgen könnten, ein paar Zehn-Kilo-Säcke.«
»So viel?«
»Ja, für die Fische, die ich ausstopfe. Und Knoblauch, einen kurzen Zopf. Gut für meine Krebse, die kommen bald in den Topf. Und ein Schloß, es gibt ein Problem an der Tür zur Laterne.«
Das mit dem Salz war mir so beim Reden gekommen. Ich habe noch welches hier, aber für den Fall, daß es nicht reicht. Der Rest war natürlich gelogen, von wegen ans Alleinsein gewöhnen. Daß ich niemanden sehen will, nicht mal wen vom Fach, liegt an meiner Angst, ich könnte mich gehenlassen. Der Versuchung erliegen. Der Angst vor dieser Angst vor mir selbst, die ich schon erwähnt habe. Und es war verdammt richtig, daß ich ins Wachzimmer gegangen bin, zweimal zugeschlossen und dann den Schlüssel aus dem Fenster geworfen habe, als sie kamen, denn Cordouan pochte mir seit der Dämmerung in den Schläfen. Der Turm machte mich wahnsinnig, bis ich schwitzte, schlimmer als je, bis mir alles weh tat, jeder Knochen einzeln, bis Bilder von Kadavern vor meinen Augen entlangzogen, bis ich die schrillen Sirenen eines Feuerboots hörte, das gefährlicher war als das Feuer selbst, bis ich mich knebeln mußte, um nicht zu schreien, bis ich den Kopf gegen den Schrank schlug, dabei aber – ich weiß nicht, woher dieser Geistesblitz kam – zwischen Kopf und Schrank eine Decke hielt, bis ich meine Unterarme mit kleinen, präzisen Schnitten strafte, Skalpell mit Dreiergriff und

Zehnerklinge, um schließlich irgendwo in meiner Pisse zu hocken, quäkend wie ein epileptischer Meeraal. Das ging, ich weiß nicht wie lange. Eine Stunde, zwei Stunden. Ich habe ein paar Kilo abgenommen, Federn und Salz gelassen. Und dann hörte ich von sehr weit weg Geräusche, jemand lachte, ich begriff, daß die unten nichts mitgekriegt hatten. Als einer von den Männern hochkam, mir mitteilen, daß sie jetzt abfuhren, brachte ich hinter der Tür ein gemurmeltes »Danke« zustande. Der Motor der *Pibale* erinnerte mich an den der *Geneviève*, und bis abends blieb ich auf dem Bett im Wachraum liegen, flennend wie eine Frau, und quetschte meinen einäugigen Teddybären an mich, bis ich ihn fast erdrückte, er war so abgeschabt, daß er einem leid tun konnte.

30. Oktober

Heute nacht habe ich mich erholt. Der Leuchtturm hat mich bis ungefähr gegen fünf schlafen lassen. Ich duschte kochend heiß, wie man es tut, wenn man furchtbar gefroren hat, und desinifizierte meine Arme. So einen schweren Anfall habe ich noch nie gehabt. Der letzte war vor fünfzehn Jahren auf der *Geneviève*, wo ich einen geschlagenen Nachmittag lang im Klo verbrachte und jede Viertelstunde kotzen mußte, aber nicht wegen des Seegangs.
Die Dusche stellte mich wieder her, heilte mich. Man kann fast zusehen, wie sich die Haut an den Unterarmen über die Wunden zieht. Morgen ist nichts mehr zu sehen, oder übermorgen. Ich fühle mich fröhlich, leicht, könnte schallend lachen, mir ist heiß vor Liebe, ich könnte die Felsen umarmen, den Schlamm, die Samtkrabben, die Möwen, meine Krebse und die ganze Welt. Ich tauschte das Schloß des Wachzimmers aus, das ich gestern aufbrechen mußte, und dann habe ich einen großen Sieg über mich selbst errungen: Ich habe den Meeraal in der Kapelle aufgehängt, über dem Altar; das Kruzifix habe ich einfach durchs Ochsenauge geworfen, das war mein Müllschlucker.

2. November

Seit heute früh will der Wind den Leuchtturm aus den Angeln heben. Die Wellen ringsum bäumen sich auf, als würde der Mond nach ihnen schnappen, und der Regen strömt wütend auf den Strand. Schon sehe ich mehr fern als sonst, Tierfilme heute nachmittag, zwei hintereinander. Im ersten ging es um eine seltsame Krankheit, die Löwen binnen weniger Minuten dahinrafft. Ich hätte umschalten sollen, denn das Sterben dieser großen Tiere hat mich schockiert, ein Bild zuviel von der Sorte, die einem das Leben haufenweise zumutet, nicht nur im Fernsehen, Bilder, die einen wundkratzen und zurichten, dabei hält man sich für so stark und denkt, es würde genügen, alles ins Lächerliche zu ziehen, schon wäre man es los. Es riß den Löwen im vollen Lauf um, als wären seine Sehnen auf einmal gekappt. Dann packten furchtbare Krämpfe seinen ganzen Körper, bis hin zum Unterkiefer. Der Löwe lag auf der Seite und sah aus wie ein Spielzeug, dessen Batterie alle ist. Er holte stoßweise Luft, das Atmen schien ihm weh zu tun oder von Wattepfropfen in seinen Nüstern behindert zu werden. In seinen Augen stand bereits eine Art Ergebung, die Ergebung eines alten Wilden, der sich nicht gegen einen auflehnt, der stärker ist als er. Noch ein paar Atemzüge, immer mühsamer, dann wurde der massige Körper in Sekundenbruchteilen herumgewälzt, als hätte ihn ein Lastwagen angefahren oder aus nächster Nähe ein Gewehrschuß getroffen. Der mächtige Kopf sackte zur Seite, und der Löwe starb mit dem Äch-

zen eines zu Boden geworfenen Dudelsacks.
Der zweite Film machte die Brutalität des ersten vergessen. Er war von Cousteau und handelte von den tropischen Verwandten der Fische hier aus der Gironde. Tausendmal hat man sie schon auf dem Bildschirm gesehen, diese grellbunten Viecher mit den idiotischen Namen, wie sie in ihrem alptraumhaften Aquariumsmeer die Taucher umschwänzeln. Aber der Tierpräparator, der in mir schlummert, hat sich wieder einmal von dem Anblick packen lassen. Besonders hier juckt es mir in den Fingern, das Skalpell sitzt mir locker, ich bin ein Vollzeitkünstler. Wie gut sich einer von denen über der Ausfalltür des Sockels machen würde! Der Picassofisch zum Beispiel. Oder besser noch der Engelsfisch. Ja, der Engelsfisch. Der wäre ein poetisches Bild für diesen Ort, und man würde auf einen Blick erkennen: Wenn man das Leben ausstopft, dann ist es mit dem Tod nicht zu Ende, ob man nun Meeraal ist, Löwe oder sogar Sie und ich.

6. November

Heute früh sind die Engländer gekommen. Als sie letzte Woche anriefen, habe ich ihnen weder abgeraten zu kommen noch das Gegenteil. Ich habe einfach okay gesagt. Wir haben einen Tag vereinbart, und gestern bin ich angeln gegangen. Einen Wolfsbarsch hab ich rausgeholt, vier Pfund.

Sie ist sehr englisch, na ja, so, wie ich mir eine Engländerin eben vorstelle. Weiße Haut, so weiß, wie ich es noch kaum bei jemandem gesehen habe. Die Augen von unnatürlich dunklen Ringen umgeben, das Haar schwarz gefärbt, was die wächserne Blässe ihres Gesichts noch verstärkt. Aber sie hat schöne, recht muskulöse Unterarme, über die sich durchscheinende, bläuliche Adern ziehen. Sie trägt genau die Art Pulli, die ich an Frauen mag, mit einem V-Ausschnitt, und ihre zugleich fülligen und spitzen Brüste lassen ihn vom Körper abstehen. Ihr Hals ist appetitlich gestreift, wie von natürlichen Halsbändern, sehr »morgendlich«. Ihre Hände sind schmal, aber nicht zu dünn. Andererseits bin ich sicher, obwohl sie Hosen trägt, daß sie keine schönen Beine hat. Das sehe ich an ihren Augen. Frauen, die schöne Beine haben, können einem das mitteilen, auch wenn sie Hosen tragen (das habe ich mal in einem Buch gelesen, es gefiel mir).

Er ist auch sehr englisch. Rotes Haar, rötlicher Teint. Ziemlich groß, breitschultrig. Typ »Gentleman«, sehr gut angezogen, teure Yachtkleidung, wie die Geldsäcke in Noirmoutier. Sofort mochte ich seine Freundlichkeit, sie erinnert mich ein bißchen an meine eigene, tief in mir drin. Aber er kann sie zeigen und ausdrücken, denn er ist mit einer Frau zusammen. Außerdem hat er ein tolles Lächeln, passend zu seiner Freundlichkeit, genau das Lächeln, das ich nie zustande gebracht habe, das Lächeln zufriedener Leute, die Besseres zu tun haben, als Nachtwächter im Dienste des Meeres zu spielen.

Beim Anblick des Leuchtturms machten sie alle beide große Augen, zwischen Staunen und Respekt, so wie ich vor zwei Monaten wohl auch.

Ich habe sie zum Mittagessen eingeladen. Bei Tisch stellten sie mir all die Fragen, mit denen Touristen dem Leuchtturmwärter immer kommen, er vor allem, denn er kann sich besser ausdrücken, und ich habe so leicht und zuvorkommend geantwortet, daß es mich erst mal selber erstaunte. Wenn ich jetzt zurückdenke, dann weiß ich, warum ich so gut aufgelegt war.

Der Engländer erklärte, daß er auch die französische Staatsbürgerschaft besitzt und schon als Kind in den Ferien nach Royan kam. Mit dem Leuchtturm und ihm war es eine Art Liebesgeschichte, das waren seine Worte. Schon als kleiner Junge hat er sich vorgenommen, eines Tages dort die Frau seines Lebens zu heiraten (die Engländerin wurde scharlachrot, ich übrigens auch). Sie haben noch nicht die Erlaubnis des Pfarrers, sind aber zuversichtlich, schließlich hat es vor kurzem auch schon Taufen auf dem Leuchtturm gegeben. Sie planen es für die ersten schönen Tage, direkt vor der Touristensaison.

Am Telefon letzte Woche, als sie über Heirat sprachen,

fand ich die Vorstellung phantastisch, hier draußen eine Frau zu heiraten, in der runden Kapelle, in der früher die Büste von Ludwig XIV. stand. Am selben Abend ging ich hin, ganz traurig, und kniete mich auf eine Gebetsbank, in meiner linken Hand die erträumte Hand meiner erträumten Frau, der Frau, die oft abends bei mir ist, wenn ich einschlafe, auch wenn es mir nicht gelingen will, ihr einen Namen zu geben oder ein Gesicht aufzusetzen. Alle waren da, die wenigen, die zu mir gehören: Joël, seine Frau und Damien, Jean Frot, Monsieur Rouleau (der sich um mich gekümmert hat, nachdem sie meine Mutter eingesperrt hatten; übrigens selber mehr ein armes Würstchen als ein richtiger Mann), mein Bruder Geoffroy, die beiden Rogers, meine Mutter und sogar mein Vater, der ja noch lebt, das weiß ich, und gar nicht mal weit von uns entfernt.
Egal, daß drei Viertel der Gäste unwillkommen waren, immerhin kamen so ein paar Leute zusammen.
An diesem Abend auf Cordouan neulich war in den Herzen ein bißchen Liebe.

Nach dem Essen gingen die Engländer mit mir an den Strand, zu der Stelle »wie ein verstümmelter Walschwanz«. Ich hatte zwei Pflöcke einzuschlagen.
Ihre Fragen wischte ich beiseite, indem ich sagte, sie sollten dazu dienen, das Boot festzumachen. Die Erklärung schien ihnen zu genügen, was mir nur recht war, denn wenn sie ungläubig gefragt hätten: »Zum Festmachen? Im Sand? Und was ist bei Flut?«, dann wäre ich aufgeschmissen gewesen.

Er hat mit angefaßt. Sie stand da und verschlang ihren Zukünftigen mit Blicken.
Es war besonders mild heute. Ihr war vor Glück noch wärmer als nach dem Weißwein vom Mittagessen, und sie sagte mit einem englischen Akzent, daß sich die Balken bogen:
»Ich möchte baden.«
»Steck mal den Zeh ins Wasser, dann überlegst du dir das anders. Es ist eiskalt, Kathleen. Nicht wahr, Mister Geoffroy?«
Steven hielt den Hocker fest, auf dem ich stand, um die Pfosten einzuschlagen.
»Aber klar. Obwohl, bei Ebbe ist da eine warme Strömung, gerade mal fünf Meter weiter draußen. Da kann man baden, sogar jetzt noch.«
»*Really?*«
Die zwei da waren dermaßen ineinander verschossen, die hätten egal was geschluckt.

Jetzt gerade besichtigen sie die Kapelle.
Ich kann hören, wie sie lachen. Wenn ich durchs Ochsenauge schaue, kann ich sie sogar sehen.
Sie halten sich an den Händen. Die ganze Zeit völlig verliebt.
Kurz vor unserem kleinen Strandspaziergang heute nachmittag habe ich zu ihnen gesagt: »Ich habe einen Wolfsbarsch im Kühlschrank, vier Kilo, und einen Graves, der dazu paßt. An Platz fehlt es nicht, im Sockel sind vier ungenutzte Zimmer. Außerdem ist es abends hier sehr romantisch. Man muß Cordouan abends er-

lebt haben. Man muß einfach eine Nacht auf Cordouan verbracht haben.«

7. November

Der Wolfsbarsch war gelungen, und wir haben einen herrlichen Abend verbracht. Steven war so was von komisch! Sie war ein bißchen beschwipst, gerade genug um zu glauben, sie könne Französisch.

»Sie lernen sich selber sicher gut kennen, Mister Geoffroy, bei diese Job. Und so ein Mut! Ich sterbe ja schon vor Angst, wenn ich dahin gehe, wo selbst die König allein hingeht ...«

Kathleen ließ ein Wasserfall-Lachen los, das bis zur Laterne hinaufschallte.

»So sagt man nämlich, Mister Steven Seltzner, *my sweet teacher*.«

Der *sweet teacher* hielt in seinen rot behaarten Händen die zweite Flasche Graves, die ich aufgemacht hatte. Er versuchte immer, mir nachzuschenken, erfolglos übrigens.

Gegen zehn waren die zukünftigen Eheleute so hinüber, daß sie meinen Vorschlag, wir sollten mal nachsehen, ob die Flut nicht die beiden Pfosten weggespült hatte, ganz sinnvoll fanden. Obwohl die Engländerin lieber zur Laterne hochgestiegen wäre.

»Hinterher«, sagte ich.

»Jawohl, Herr Kapitän!« schmetterte sie und nahm Habtachtstellung ein.

Ich sagte, sie sollten besser Pullover und Windjacke, Stiefel und eine Mütze mitnehmen. Bei Helligkeit war es schön gewesen, aber ab fünf Uhr beanspruchten die Jahreszeit und die offene See wieder ihre Herrschaft

über den Felsen.
Die Engländer haben kein Wörtchen zu meinem Quersack gesagt. Sie beleuchteten beim Gehen die Furt mit einer Taschenlampe, das war so gut wie überflüssig, wegen des Mondes. Manchmal leuchtete Steven auch ins Wasser oder vergnügte sich damit, daß er die Taschenlampe rhythmisch an- und ausschaltete.
»Gefahr, Alarmstufe Rot!« rief er.
Unsere Füße stießen auf Sand. Wir gingen noch ein paar Minuten still weiter, bis es der Engländerin kalt wurde. Ihr Zukünftiger legte ihr seine schwere Windjacke um die Schultern.
»Sind wir bald da, Mister Geoffroy?«
Vielleicht kam der ziemlich rasche Schritt, den ich anschlug, Steven seltsam vor.
Jetzt schaltete auch ich eine Lampe an und ließ einen Schwung Licht über das Gesicht des Engländers rutschen. Ich erkannte, daß ihm unser Spaziergang um zehn Uhr abends auf der Sandbank von Cordouan allmählich absurd vorkam, bei Minusgraden. Anders gesagt, die kalte Luft hatte ihn wieder nüchtern gemacht. Er kommandierte:
»Wir gehen zurück.«
Kathleen war einverstanden:
»Ja, wir gehen zurück. Mir ist kalt.«
Steven sah meinen Sack an.
»Was haben Sie eigentlich da drin?«
Wir waren nur noch knapp hundert Meter von den beiden Pflöcken entfernt, sie waren ziemlich deutlich zu sehen. Auf jedem saß eine Möwe, was sie doch ein

bißchen nützlich wirken ließ. Ich weiß nicht warum, aber in diesem Augenblick erinnerten sie mich an die Pflöcke, an denen die beiden Verbrecher gekreuzigt wurden, zu beiden Seiten von Jesus.

»Da drin? Seile«, sagte ich.

Und weil ich spürte, daß es schiefgehen könnte, falls ich noch länger wartete, stürzte ich zu Steven hin und hieb ihm mit aller Kraft auf den Adamsapfel; er bekam keine Luft mehr, schwankte, während seine Zukünftige wie wahnsinnig schreiend auf den Leuchtturm zulief. Ich fing sie ein und brachte auch sie zum Schweigen. Knebeln mußte ich sie, sie blökte einfach zu viel, ich fesselte ihr die Hände auf den Rücken und verband ihr die Augen.

Steven lag auf dem Sand, noch halb bei Bewußtsein. Schnell fesselte ich auch ihn. Dann schleifte ich meine beiden Pakete auf die Pflöcke zu, die aufs Meer blickten.

Die Möwen hatten einen Satz fünfzig Meter weiter nach links gemacht. Ein paar andere hatten sich dazugesellt.

Die Engländerin weinte, ich spürte es an den Zuckungen, die ihren Körper schüttelten. Der Engländer weinte auch. Kurz sah ich ihm in die Augen, die ich nicht verbunden hatte. Sie taten absolut alles, um in meinen etwas zu suchen, keine Erklärung, aber irgend etwas, das mich dazu bringen könnte, das Steuer noch herumzureißen, Gegendampf zu geben. Aber dieser Dampf war ätzend, er erstickte meinen Körper, kroch mir in die Brust, mein Gehirn und alles andere, so daß Steven bald

von meinen Augen abließ. Statt dessen sah er diejenige an, die fast seine Frau geworden wäre, aber auch nicht zu lange, wahrscheinlich, um sich nicht zu quälen.
Sie hatten sich schon vollgemacht, gepinkelt und das andere auch, was wollten sie noch tun? Begreifen? Sollte ich sie mit Problemen behelligen, die gar nicht ihre waren und die sie sowieso nicht hätten lösen können?
Ich pflockte sie an, mit Blick auf den Leuchtturm, und nahm der Engländerin die Binde von den Augen. Sie waren verrückt, verrückt vor Angst. Dann fand ihr Blick den ihres Geliebten; es war spürbar, daß ihre Augen daran gewöhnt waren, immer von seinen beruhigt zu werden.
Trotzdem gab die Engländerin den Kampf bald auf. Sie ließ den Kopf auf die Brust sinken, mit leerem Blick. Ich mußte an den Löwen aus dem Tierfilm neulich denken. Ich glaube schon, daß sie erleichtert war. Diese Hellsichtigkeit gefiel mir, und obwohl ich eine Rede über die Schönheit, das reinigende Meer und ihre von nun an endlos fortdauernde Liebe halten wollte, beschloß ich, ihnen diese zusätzliche Qual zu ersparen.
Obwohl auf dieser Seite der Sandbank Felsbänke und Fahrrinnen so liegen, daß Schiffe weiter draußen bleiben müssen, wickelte ich die Engländer in Plastikplanen und machte Löcher für Nase und Augen. Dann nahm ich ein Meßbuch heraus und vermählte sie, hier auf Cordouan, wie es ihr Wunsch gewesen war, und versprach, alles zu tun, um ihnen das ewige Leben zu schenken.

Keine halbe Stunde mehr, und die Flut würde sich ihrer annehmen. Das letzte Bild, das sie von dieser Welt sehen sollten, war der Leuchtturm, also das Inbild der Schönheit. Genau dasselbe, das auch ich am Tag X mitnehmen möchte. Diese besondere Vergünstigung würde ich durchaus nicht jedem gönnen.

Ich hatte in ihrer Gesellschaft nichts mehr zu suchen. Die Masse des Leuchtturms umfing mich mit ihrer Schwärze, während der Tod allmählich immer weiter abrückte. Er war fast sanft, fast undenkbar, fast eine kitschige Vorstellung. Die ganze Vorbereitung war mir so mühevoll erschienen, fast war mir, als hätte sie Jahre gedauert, aber in genau diesem Augenblick habe ich mich kein bißchen anders gefühlt als am Tag davor. Warum sollte ich heute mehr als gestern verdienen, ins Gefängnis zu kommen?
Trotzdem: Je näher ich dem kam, der von nun an mein Komplize war, desto mehr standen mir die Haare zu Berge, und zwar aus Angst, nicht wegen dem Wind. Ich konnte nicht anders, ich machte diesem dicken, steinernen Waran Vorwürfe: »Siehst du, was du getan hast. Siehst du, was du mit mir getan hast. Siehst du, was du mit ihnen getan hast.«
Ein letztes Mal drehte ich mich um; ich war etwas zu weit, um es genau zu erkennen, aber ich glaube, die Möwen hatten ihre Aussichtsplätze auf den Pflöcken wieder eingenommen.
Der Anblick beruhigte mich. Mit festerem Schritt ging ich über den gepflasterten Zugang zum Leuchtturm,

obwohl ich dumpf ahnte, daß ich eben kurz die Tür zum Scheißhaus der Hölle geöffnet hatte.

8. November

Heute morgen hatte ich schon früh zu tun, noch vor Sonnenaufgang. Ich machte das Boot der Engländer los und ging die Körper losmachen. Die Algen hatten ihnen hübsche Perücken aufgesetzt. Ich hatte gedacht, sie würden aufgedunsen sein, aber nein. Ich leerte das Meerwasser aus, das sie geschluckt hatten, dann lud ich sie auf meine Schubkarre, neben die Pflöcke, die ich aus dem Sand gerüttelt hatte. Wieder im Leuchtturm, habe ich die beiden ausgezogen und gründlich gewaschen, habe die Kleider verbrannt und die Körper in einem der Gewölbekeller zwischengelagert, unter einer dicken Schicht Salz, bis es soweit ist.

Dann ging ich angeln und zog eine große Meeräsche heraus. Das traf sich gut, denn ich hatte wahnsinnig Lust zu kochen, und so eine Äsche braucht einigen Aufwand, sonst ist sie fade, es sei denn, man grillt sie, aber es nieselte. Ich wusch sie, nahm sie aus und schuppte sie, dann bettete ich sie in meinen Fischtopf auf eine Unterlage aus Kartoffeln und Zwiebeln. Ich rieb sie mit allen Gewürzen aus, die mir in die Hand gerieten, vor allem mit Muskatnuß, ich liebe Fisch mit Muskat. Dann noch Salz und Pfeffer, und zum Schluß begoß ich sie mit dem restlichen Graves von gestern. In diesem Augenblick hatte ich, glaube ich, wirklich eine Halluzination. Mir war, als würde der Fisch unter den Weinspritzern wieder zum Leben kommen. Da wurde mir die Hand schwer, und ich goß den ganzen Rest aus der Flasche dazu. Sein Mund ging ein wenig auf, das könnte ich jetzt noch beschwören. Ich machte noch eine Flasche auf und goß, goß, mit der verrückten Hoffnung, meine Äsche könnte sich daran entsinnen, wie ihre Muskeln funktionieren, und loszappeln, durch irgendein Wunder, bis zum Meer. Aber sie rührte sich nicht mehr, keine Flosse zitterte, und während der Wein zu meinen Füßen eine Pfütze bildete, nahm ich das Tier beim Schwanz und schlug es mit dem Kopf auf den Topf wie ein verzogenes Kind seinen Löffel ins Karottenpüree, mindestens zehnmal hintereinander, ich schrie ins Leere: »Willst du wohl leben, ja oder Scheiße? Willst du wohl leben?« Aber weil ich ihr mit nichts mehr drohen konnte, beruhigte ich mich schließlich wieder, wischte den Boden auf, schob die Meeräsche für fünfundzwanzig Minuten in den glutheißen Ofen und aß.

17. November

Die beiden Rogers, deren Eltern so zwillingssüchtig waren, daß sie ihnen sogar denselben Vornamen gaben, hatten ihre Fertigkeit im Studium erlernt (der eine war Chirurg, der andere Archäologe) und ihrem Vater abgeschaut, einem großen Tier im Französischen Staatsinstitut für Einbalsamierung. Man hat nie erfahren, warum sie eines Tages ihre geruhsame Karriere für die Hochseefischerei aufgaben, und noch viel weniger, warum sie nach ein paar Jahren, in denen die Geschäfte recht ordentlich liefen, ihr Schiff, die *Geneviève*, in eine wahrhaftige schwimmende Totenstadt verwandelten. Fest steht, daß sie auf einer Fahrt draußen vor Sizilien von einem mörderischen Wahn befallen wurden. So irrational das scheinen mag, ich verdanke meinen Status als einziger Überlebender von der ganzen Mannschaft meinen körperlichen und psychischen Qualitäten, und meinem Kochtalent: Sie befanden mich als den Fähigsten, sowohl für ihre morbide Arbeit als auch für den Haushalt.

Während jenes endlosen Monats wurde ich also zum Zeugen von Totenzeremonien, die jede Vorstellung übersteigen. Die beiden Rogers praktizierten an ihren fünf Opfern die kuriosesten Balsamierungsmethoden und mischten dazu moderne Techniken (sie hatten sich Thanatyl und andere Flüssigkeiten aus zwielichtigen Labors besorgt) mit Praktiken der alten Chinesen, Etrusker und Ägypter. So erlernte ich also, zunächst unter Zwang und Druck, dann unter immer weniger

Zwang und Druck, eine widerwärtige Kunst, deren Geheimnis in einer Mischung aus Formalin und Palmöl lag. Ich lernte, die Leichen mal vom Schambein zur Hüfte zu öffnen, mal auf der Seite des Abdomens, je nach Laune der beiden Brüder, und die Gefäße und Hohlräume derart zu behandeln, daß sie ebenso unvergänglich wurden wie Edelmetall. Ich bewies größtes Geschick darin, die Hirne durch die Nasenkanäle zu extrahieren, und stellte mich durchaus nicht linkisch an, wenn es galt, feines Leinengewebe unter der Haut einzubringen. Ich schreckte nie davor zurück, die Leichen zu verschüren, Knie an Zähnen, und sie mit schmalen Binden einzuhüllen, bevor diese mit Gips eingerieben wurden. Ich wurde ein Experte darin, Gesichtszüge nachzumodellieren, lernte Augen in die Höhlen einzusetzen, Muscheln unter die Lider zu schieben und verschiedene Harze auf die Gesichter zu streichen. Kurz, schon bald sahen sich meine Lehrer von ihrem Schüler überrundet.

Ich hätte sie umbringen können, mit einem lässigen Hieb. Aber ich Herkules ließ mich beeindrucken und an der Nase herumführen, wie ein Hund, der sich genüßlich in einem frischen Kuhfladen wälzt. In der letzten Woche sperrten die Brüder mich nachts nicht einmal mehr in meine Kabine, und ich hatte freien Zugang zum Funkgerät. Wir waren fast so etwas wie Freunde.

Offenbar haben der Anblick und der Umgang mit diesen Dingen etwas tief in mir aufgestört, das nur auf den Moment zum Herauskommen gewartet hatte, dasselbe Etwas, das ich vor zwei Monaten spürte, als ich den

Strand von Cordouan zum ersten Mal betrat. Denn selbst wenn ich den Weg der beiden Rogers nicht gekreuzt hätte, glaube ich kaum, daß die beiden Engländer jetzt irgendwo anders schlafen würden als ausgeweidet in einer Mischung von Salz und Natron. Zwar konnte ich meine Haut retten, obwohl ich der Komplize der Zwillinge war (sie haben mich noch vor Prozeßbeginn vollkommen entlastet, ein Beweis ihrer rätselhaften Dankbarkeit für mich), aber nicht meine Seele, denn die war bereits verloren.

Die beiden Rogers haben die Neugier des Richters, der Polizisten und Psychologen nie befriedigt. Auch wenn es immer tausend Erklärungen gibt, ist keiner so klug, daß er den wirklichen Urgrund der menschlichen Grausamkeiten kennen würde. Ich, ja ich weiß, was zwischen den Bordwänden der *Geneviève* geschah, Tag und Nacht, und bis in meine kleinsten Äderchen drang, denn die Mumien wirkten derart echt, als würden sie gleich zu reden beginnen. Dank gilt also den beiden Rogers, daß sie mir die Maske des ägyptischen Schakals auf die Schnute geklebt haben, auch wenn der jetzt mehr als zehn Jahre lang im Schatten des Totenschiffes verborgen gekauert hat. Denn wer da heute früh die Körper von Kathleen und Steven leerte und dabei achtsam die Herzen an Ort und Stelle beließ, der Grund dafür liegt auf der Hand, war wahrhaftig ein Zeremonienmeister. Wahrhaftig, es ist ein Zeremonienmeister, der, wenn Bikarbonat, Sulfat und Chlorid gewirkt haben, die dann eingetrockneten Liebesleute unter die Laterne des schönsten aller Leuchttürme bringen wird, in das Wachzimmer, das für diese Gelegenheit in Das Haus der Vollkommenheit verwandelt sein wird, und sie dort mit Sägemehl, Sand von Cordouan und Kunstharz füllt. Und weiter wird es ein Zeremonienmeister sein, der sie mit Ölen, Spezereien, Salz, Milch und Wein einreiben wird, damit sie eine Haut bekommen, so weich wie die eines Neugeborenen. Und immer noch wird es ein Zeremonienmeister sein, der den Einschnitt an ihren Seiten mit Wachs kalfatern wird, wenn er ihn nicht mit hübschen Muscheln verbirgt. Und mehr als je zuvor wird es ein Zeremonienmeister sein, der in von jetzt aus gerechnet gut drei Wochen herrliche Augen in ihre wiederbelebten Gesichter setzen wird und kleine, goldene Zungen in Münder, die einander dann für ewig das Jawort geben dürfen.

19. November

Heute früh ist der Nachschub gekommen. Diesmal habe ich kein Theater gemacht.

Die Jungs waren beruhigt, als sie mich sahen. Joël war auch dabei, er hat es nicht mehr ausgehalten.

Wir standen vor den Krebsen.

»Was fressen sie?«

»Fischinnereien und -köpfe. Und geschälte Taschenkrebse oder Garnelen oder Muscheln.«

»Gibt ihnen sicher einen leichten Salzgeschmack.«

Joël stopfte ungeschickt seine Pfeife.

»Jede Nacht stehe ich auf, um zu kontrollieren, ob der Leuchtturm auch an ist.«

»Das kenne ich.«

»Auch wenn ich nichts sehe.«

Er hatte die dicke Rauchglasbrille auf der Nase, hinter der er angeblich Formen erkennen kann und sogar manche Farben.

»Ich wecke meine Frau. Sie sagt mir, ob er an ist. Von wegen! Die schaut nicht mal hin, wetten?«

»Er ist an, Joël. Jede Nacht.«

»Ich kann nichts dagegen tun. Ich habe sogar ein Fernrohr gekauft, ein Profigerät. Mit dem kannst du die Krater auf dem Mond einzeln zählen. Sagt jedenfalls Damien. Jetzt sind seine Augen meine Augen. Ich sehe mit ihm nach dem Leuchtturm. Er sieht alles, als ob er selber da wäre. Dann erzählt er es mir. Einmal hat er dich sogar gesehen.«

Mir sträubten sich die Haare auf den Armen, und ich

mußte mir kräftig auf die Lippe beißen.
»Er hat mich gesehen?«
Aber dann kamen zwei von den Männern.
»Sie müßten mal in den zweiten Keller runtergehen, den abgeschlossenen. Da riecht es gar nicht gut.«
Joël sagte:
»Wahrscheinlich Salpeter. Du mußt mal kontrollieren, ob die Zisterne darüber leckt. Ich hab das auch schon mal gehabt.«
»Nach Salpeter riecht es aber nicht«, sagte einer der beiden.
»Das sind meine Fische«, sagte ich. »Die trocknen da. Das sind die Mittel.«
Ein Lächeln huschte über Joëls Lippen, dasselbe stand sicher in seinen Augen.
»Im Ernst, Geoffroy? Du hast wieder angefangen?«
Ich antwortete nicht.
»Was für Fische?«
»Sage ich dir dann.«
»Und warum bringst du sie nicht an die frische Luft zum Trocknen, unter das Vordach? Oder hoch auf die Galerie? Würde drinnen weniger stinken.«
»So geht das nicht. Die Luft würde sie kaputtmachen. Komm mal kurz mit hoch in die Kapelle.«
Wir gingen langsam die Treppe hinauf. Oben nahm ich den Meeraal von der Wand und legte ihn Joël in die Hände.
»Tatsächlich! Du hast wieder angefangen!«
Ich lächelte. Joël streichelte den Fisch mit den Fingerspitzen, so, wie er vielleicht manchmal seine Frau strei-

chelt. Dann streckte er die Arme aus, als könnte er so besser sehen.
»Kein Zweifel, Geoffroy. Du bist ein Künstler.«
Ich glühte vor Glück.
»Kannst du doch noch ein bißchen was sehen?«
»Natürlich! Meine Finger können sehen. Und jetzt kann ich auch spüren. Ich spüre, daß das gute Arbeit ist. Du bist wirklich ein Künstler.«
»Ach ...«
»Wenn man sich vorstellt, daß du mir das beibringen wolltest.«
»Hätte ich gemacht, Joël, hätte ich gemacht.«
»Im nächsten Leben ...«
»Ich mach dir auch einen. Und noch einen für deinen Sohn.«
Joël sog an seiner Pfeife.
»Dann bringe ich ihn nächstes Mal mit, im Versorgungsboot. Er wird sich freuen.«
»Und er will mich gesehen haben?«
»Ja. Na ja, gesehen ... Obwohl, Damien hat die reinsten Adleraugen.«
»Mit dem Fernrohr?«
»Ja.«
»Lustig.«
»Ja. Lustig.«
»Und wann soll das gewesen sein?«
»Neulich abend, bei Vollmond. Offenbar war es sehr hell. Er hat Leute am Strand gesehen. Vielleicht warst du es ja gar nicht.«
Ich spürte Schweißtropfen an den Seiten meines Kör-

pers runterlaufen wie dicke Insekten.

»Leute? Dann war ich das nicht. Ich habe seit bald sechs Wochen niemanden gesehen.«

»Drei waren es.«

»Drei?«

»Ja. Er sagt sogar, sie hätten sich geprügelt.«

»Und das soll ich nicht mitbekommen haben?«

»Ich weiß nicht, Geoffroy. Vielleicht hat der Wind die Geräusche vom Leuchtturm weggeweht.«

»Und danach?«

»Danach sind sie zur Gros-Terrien-Sandbank rüber, da hat Damien nichts mehr sehen können.«

»Drei, sagst du?«

»Ja, drei. Und ein Boot, aber das war am Morgen nicht mehr da.«

»Ein Segelboot?«

»Nein.«

»Dann war es vielleicht das, das ich nachts um zwei gehört habe.«

»Unmöglich. Bis um zwei hätten die nicht bleiben können, wegen der Flut.«

Ich errötete bis an die Ohren. Sicher hat Joël das bemerkt.

»Du hast recht. Die sind wahrscheinlich früher weg. Es ist so: Ich habe ferngesehen.«

»Ist mir auch schon passiert, daß ich wegen dem Fernseher ein Boot nicht gehört habe.«

»Ich schreib's trotzdem ins Journal. So, wie du es eben erzählt hast. Ich schreibe, daß ich es nicht gehört habe und nur dank Damiens Fernrohr davon weiß. Egal,

wenn ich einen Anschiß kriege. Außerdem kriege ich keinen.«
»Sicher nicht. Du tust ihnen einen Riesengefallen. Ich weiß nicht, wer das getan hätte, außer dir.«

Diese Neuigkeiten haben mich sehr durcheinandergebracht. Klar, Joël ist ein notorischer Säufer, und das Zeugnis eines Mongölchens ist sicher keinen Pfifferling wert. Egal, ich bin trotzdem nervös.
Ich hätte mir Joël ohne weiteres vom Hals schaffen können, hier auf der Treppe. Ein falscher Schritt, jeder hätte das auf seine Augen geschoben. Aber das hätte alles nur noch schwieriger gemacht.
Außerdem ist das leeres Gerede, ich wäre nicht imstande, Joël auch nur ein Haar zu krümmen.
Sein bescheuerter Sohn hätte es eher verdient, daß man ihn allemacht, mit dem Fernrohr totschlägt am besten, damit er lernt, nicht bei anderen Leuten herumzuspionieren.
Um vier, als sie wegfuhren, war ich sehr erregt. Ich nahm es mir übel, daß ich mich hatte kalt erwischen lassen, daß ich dummes Zeug geredet, gestottert hatte. Klar ahnt Joël jetzt was. Er weiß genau, daß man auch bei laufendem Fernseher einen Bootsmotor hört, vor allem, wenn das Meer ruhig ist wie an dem Abend.
Ich weiß noch nicht, ob ich es ins Journal eintragen muß. Ich weiß nicht.

Heute abend pocht der Leuchtturm mir in den Schläfen wie neulich, als sie das erste Mal mit Nachschub ka-

men. Joëls Sohn ist schuld. Daß dem ja nicht einfällt, sich hier blicken zu lassen.
Ich habe Lust zu schreien, daran hindert mich hier ja auch nichts. Mein einäugiger Teddybär schaut mich verdrossen an, er ist traurig, daß sein Papa so erschöpft ist. Gleich rückt er näher an mich heran, um mich zu trösten, und dann gehen wir beide schlafen, engumschlungen, so wie jetzt wahrscheinlich Tausende von Paaren auf der Erde schlafen. Das ist ein guter Gedanke, Balsam fürs Herz.
Oder ich gehe ein bißchen im Keller arbeiten. Das könnte mich eigentlich auch beruhigen.

21. November

Ich habe einen guten Grund dafür, daß ich Krebse so mag: Meine Mutter kaufte immer welche, sobald sie etwas Geld übrig hatte. Die Krebse sind eine sehr schöne Kindheitserinnerung, vielleicht die schönste. Wir gingen miteinander auf den Markt, und ich durfte das Päckchen tragen. Ich habe noch das träge, sehnsüchtige Geräusch der Tierchen in der Plastiktüte in den Ohren. Weniger gefiel es mir, wenn meine Mutter welche für Monsieur Rouleau machte. Er fraß die Hälfte meiner Portion gleich mit, der Sack, und sagte, das sei kein Essen für Kinder, davon würde ich am Arsch das Jucken kriegen. Aber meine Mutter legte mir heimlich immer ein paar für den nächsten Tag beiseite.
Seltsam, gleich nach dem Anruf von der Polizei bekam ich Lust, meinen braunen Gußeisentopf herzunehmen, meinen Krebstopf. Ich holte gut zwei Kilo aus dem Wasser, schöne Exemplare, sie kommen aus einer Zucht aus dem Osten (da werden sie mit Hummern gekreuzt). Die dicksten sind so groß wie meine Hand. Sie schimmern blaß jadegrün und leuchtend kobaltblau. Ich steckte sie in eine Plastiktüte, die ich auf den Küchentisch legte, und hörte ihnen lange zu, wie hypnotisiert von diesem kleinen Zeitlupen-Leben. Sicher habe ich eine gute Stunde lang auf dem Hocker gesessen, das Kinn in die Hände gestützt, begeistert wie ein kleiner Junge vor einer Spieldose.
Dann warf ich sie in den Topf und ließ alles Nötige über sie regnen. Pfeffer mögen sie gar nicht. Unter jeder Pfef-

fergarbe scheinen sie sich ein wenig mehr aneinanderzudrängeln, oder sie werden in ihren Panzern rasend. Öl mögen sie genausowenig. Knoblauch, viel Knoblauch, jetzt, wo sie rot sind. Noch ein letzter Schuß Öl am Ende der Garzeit, ein Schuß Schnaps und ein Streichholz zum Flambieren. Zu Tisch.

Ich habe alles aufgefuttert, sogar die Beine, die Köpfe und die Eier. Die zwei Kilo waren weg, ratzeputz, scheiß auf den alten Rouleau.

22. November

»Letzten Dienstag wurde zweihundert Meter von der Hafenmole von Le Vernon entfernt ein Jeanneau-Motorboot aufgefunden, Registriernummer ARC 376543. Der Inhaber, Steven Seltzner, ist seit dem Abend des 5. November als vermißt gemeldet, ebenso seine Verlobte, Kathleen Maureen.«

Der Polizist hatte am Telefon eine Polizistenstimme. Ich sagte, die Engländer hätten mich am 31. Oktober angerufen, weil sie den Leuchtturm besichtigen wollten, doch sie seien nicht gekommen. Dann erwähnte ich den Streit, den Damien mit dem Fernrohr auf dem Strand gesehen hatte, und daß ich selber nichts gehört hätte.

»Wenn das an dem Abend die Engländer gewesen sein sollten, bedeutet das, daß noch eine dritte Person mit an Bord gewesen wäre. Welches Datum? Entschuldigung, ich hab's nicht mitgeschrieben.«

Ich wiederholte das Datum. Dann stellten sie mir noch mehr Polizistenfragen, wollten wissen, um wieviel Uhr genau die Engländer angerufen hatten, an welchem Tag sie den Leuchtturm hatten besichtigen wollen, was genau sie mir am Telefon erzählt hatten, ob ich mich nicht gewundert hätte, daß sie nicht aufgetaucht sind, undsoweiter.

Vielleicht hätte ich sagen sollen, daß die Engländer gekommen, aber nicht lange geblieben und bald wieder weggefahren sind. Ich weiß nicht. Ich hatte keine Antwort vorbereitet.

Wenn die Bullen sich bei der Zweigstelle nach mir er-

kundigen, kriegen sie nur Gutes zu hören.
Bis zu den zwei Rogers werden sie ja wohl nicht zurückgehen.
Trotzdem, früher oder später werden sie beim Leuchtturm herumschnüffeln. Aber daran darf ich nicht denken.

27. November

Ich war richtig froh, als ich hörte, daß bald ein Ingenieur vom Wasser- und Schiffahrtsamt kommt, denn ich werde ihn töten.

Ich will mir keinerlei Beschränkung mehr auferlegen.

Gut, ein Kretin hat sein Fernrohr auf mich gerichtet, und seit einer Woche wissen die Bullen von mir. Aber ich bin auf Cordouan, und nichts und niemand wird mich aufhalten.

Außerdem ist es ja schon passiert. Ich stelle mir vor, wenn ich Geld hätte, richtig viel Geld, dann würde ich es mit vollen Händen ausgeben. Statt bei der kleinsten Warnung der Bank alle Bremsen anzuziehen, würde ich doppelt so viel kaufen, bis die Schecks gesperrt würden. Es ist wie mit den Krebsen. Sogar wenn ich so krank wäre, daß ich vom Klo nicht mehr herunterkäme, würde ich mich mit ihnen vollstopfen. So bin ich eben. So sind alle Genießer.

28. November

Ich war angenehm überrascht, als heute früh der Besuch vom Wasser- und Schiffahrtsamt kam. Es ist nicht der Ingenieur vom Funkgerät, sondern eine Frau. Eine hübsche Vierzigerin mit roten, sehr roten Haaren, röter noch als Stevens.

Die letzten fünfundzwanzig Meter, die das Schnellboot nicht an die Insel herankam, hat einer der Kerle sie auf den Armen getragen.

Auf dem Strand zog sie ihre Pumps aus und Stiefel an. Sie schaute auf die Uhr, das Schnellboot fuhr weg.

Am Leuchtturm angekommen, zog sie die Stiefel wieder aus und die Pumps an. Sie hat sehr schöne Beine und schmale, fast zu schmale Fußgelenke. Mir fiel ein kleines Pflaster auf, das an der Ferse hervorschaute, unter ihren Nylons.

Sie zog einen ihrer Handschuhe aus perlgrauem Lammfell aus, Männerhandschuhe, und reichte mir fünf Finger mit frisch lackierten Nägeln, rot waren sie, mit einem Stich ins Braune. Von diesem Händedruck an spürte ich: Wenn ich nicht beschlossen hätte, sie zu töten, könnte sie mit mir machen, was sie will.

Sie heißt Lise. Sie redet wenig, wie ich. Mir ist sogar, als könnten wir uns wortlos verstehen. Und dann, dann ist da noch etwas, das mich sehr berührt hat: Nachdem sie alles inspiziert hatte, sehr oberflächlich, muß ich sagen, blieb sie voller Bewunderung vor dem Krebs stehen, den ich seit letzter Woche präpariere. Vorsichtig nahm sie das kleine Tier hoch und setzte es sich in die linke

Hand. Sie konnte die Augen nicht mehr davon lassen. Ich hätte nicht gedacht, daß ich eines Tages mal jemanden kennenlernen würde, schon gar nicht eine Frau, die so lange mit offenem Mund vor meiner Arbeit steht. Nicht einmal bei Joël ist das so gewesen. Sie stand da, als sähe sie ... ich weiß nicht was. Eine Schlange oder eine Kerzenflamme. Reglos stand sie da in ihren Pumps und murmelte: »Dieses Rot, dieses Rot« (ich habe meinen Krebs bemalt, als wäre er gekocht). Kurz huschte ein gefährlicher Schatten durch ihren Blick. Sie legte das Tier auf das Laken zurück und sagte – irgendwann glaube ich das noch selber: »Monsieur Lefayen, Sie sind ein Künstler.«
Es wird nicht leicht, sie zu töten.

29. November

Ich brauchte Lise nicht anzubieten, daß sie auf dem Leuchtturm bleibt. Sie hat sich selber eingeladen, hat die Zweigstelle angerufen, die sollten ihren Mann benachrichtigen. Sie hielt es für nützlich, mir zu erklären: »Die wissen, was bei mir los ist.«

Ich habe keine Fragen gestellt. Ich stelle nie Fragen, schließlich mag ich es auch nicht, wenn man mir welche stellt. Ich sagte nur, das würde aber Klatsch geben. Ich weiß nicht, warum ich das gesagt habe. Eine idiotische Bemerkung, ich kam mir idiotisch vor. Aber sie zündete sich lächelnd eine Zigarette an.

Gegen ein Uhr wollte sie sich sonnen, es war schönes Wetter. Ich zeigte ihr einen windgeschützten Platz auf dem Sockel, und wir verbrachten unseren ersten Nachmittag ... unseren ersten Nachmittag zu zweit.

Zu zweit. Wie schön es ist, diese Wörter zu schreiben!

Ich habe nie Ferienfreuden kennengelernt. Meer bedeutet für mich Arbeit, sonst nichts. Und wenn ich an Land bin, warte ich nur darauf, wieder aufzubrechen. Jetzt verstehe ich, was Ferien für die Leute bedeuten. Zum ersten Mal in meinem Leben hat mein Körper ausruhen wollen. Ich habe genau das Gegenteil von dem gespürt, was ich spüre, wenn ich eine Freiwoche antrete. Meine Sinne erschlafften, meine Muskeln entspannten sich, meine Augen hielten nach nichts Ausschau, fast wäre ich eingeschlafen. Ich hockte zu ihren Füßen, spürte sehr stark meine Hundenatur, Hund im Sinne von lieber Hund.

Da sie sich zum Schlafen einen Arm unter den Kopf geschoben hatte, näherte ich mich und schnupperte nach dem Duft ihrer Achseln unter der Nylonbluse, vorsichtig, damit ich sie nicht weckte. Es roch stark und gut. Ich sah mir ihre Beine in den fleischfarbenen Strümpfen genauer an, an manchen Stellen waren sie nicht sorgfältig enthaart. Mein Penis wurde hart wie ein Schädel. Ich bekam Lust, ihn an den haarigen Stellen ihrer Beine zu reiben oder an ihren von den Schuhen, die sie ausgezogen hatte, leicht wundgescheuerten Füßen. Oder ihn ihr einfach zu zeigen, hier, im Freien, in der Sonne. Also holte ich ihn heraus und hielt ihn ihr vor den Mund, den ich deswegen nicht mehr sehen konnte. Mein Herz wummerte. Ich fing an, am ganzen Leib zu zittern. Sie schlief einfach weiter. Was hätte ich darum gegeben, wenn sie nur so getan hätte als ob! Aber sie tat nicht nur so als ob. Sie schlief seelenruhig, mit halboffenem Mund, vor meinem steifen Schwanz. So stand ich ein paar Minuten da, und ich weiß nicht mehr genau, was ich ansah, meinen Schwanz oder Lises schlafendes Gesicht.

Ich hätte gekonnt, ja, ich hätte. Wenigstens mir einen runterholen. Habe ich aber nicht. Ich bin weniger schüchtern, wenn es darum geht, zu töten.

30. November

Gestern haben wir unseren ersten Abend miteinander verbracht. Ich habe sie mit Krebsen beglückt. Sie hat wahnsinnig viel getrunken, aber nie die Haltung verloren.

Gegen Mitternacht ging sie ins Bett, ich hatte ihr das Ingenieurslogis bereitgemacht, hatte mein Material herausgeräumt und die holzvertäfelten Wände mit Lavendelessenz besprenkelt. Wir sagten einander gute Nacht.

Meine Nacht war anders als sonst, denn ich habe lange geschlafen, sieben Stunden insgesamt, eine Meisterleistung, ohne Träume noch Alpträume, also die Nacht hat mich in Ruhe gelassen. Heute früh habe ich Lise einen großen Kaffee gemacht und ihn ihr aufs Zimmer gebracht, wie ein Kellner in einem großen Hotel, habe sanft an die Tür geklopft.

Ich habe sie im Bett gesehen, im Nachthemd. Ich habe ihre Achseln gesehen, sehr buschig waren sie, und ihre Brüste schienen durch den Stoff, schwer und mit großen Spitzen. Ich bin sicher, sie hat sich mir absichtlich so gezeigt. Ich weiß nicht, wie ich es geschafft habe, mich zu beherrschen.

Sie forderte mich auf zu bleiben, solange sie ihren Kaffee trank. Also setzte ich mich in den kleinen Lehnsessel und wartete.

Sie trank langsam, in kleinen Schlucken. Ihren Rausch schien sie vollkommen ausgeschlafen zu haben.

Und dann schlug sie rasch die Decke zurück, um aufzustehen, und ich sah ihr haariges, feuerrotes Geschlecht, brennendes Moos, es hat mir Augen und Hirn verbrannt, denn ich konnte mich nicht mehr zurückhalten und stürzte mich auf Lise wie eine Möwe auf ein alleingelassenes Ei, ich krallte meine Hände links und rechts um ihre Hüfte und bewegte sie vor meinem Mund, dann über meinem Mund. Dieser nächtliche Geruch machte mich noch wahnsinniger. Sie strampelte, ich spielte Waschlappen mit meiner Zunge, bis sie mir peitschend auf die Stirn schlug und mich bremste. Ich schaute auf. Sie sah mich an, ohne zu lächeln, mit einem Blick, der glühte wie Schnee. Ihr Mund war nach unten gezogen, ihre Nase war hart. Mir war klar, daß ich jetzt besser verschwand, und ich rannte hinaus wie ein Gymnasiast, den sie, die Hand im Hosensack, im Schlafsaal eines Mädchenpensionats überrascht haben.

Etwas später kam sie zu mir in die Küche, sehr unbefangen. Ich steckte die Nase in meine Kaffeeschale, die mit dem schartigen Rand. Sie lächelte mich an. Ich atmete auf.

»Gehen wir angeln?«

Ihre Frage klang so nach Urlaub. Ich ließ die *Poussée d'Archimède* zu Wasser, und wir warfen die Angelschnüre aus. Ich zog einen Wolfsbarsch von dreieinviertel Pfund heraus.

Den ganzen Nachmittag über habe ich nicht gewagt, ihr in die Augen zu sehen, und auch sonst nirgends hin, nicht einmal heimlich.

Jetzt gerade ist sie unter der Dusche. Ich glaube, ich höre sie singen.

Wir saßen im Prahm, als sie, übrigens ein bißchen traurig, meinte, sie würde gern länger bleiben als achtundvierzig Stunden. Ich fände es auch schön, wenn sie länger bliebe als achtundvierzig Stunden. Sie kann so lange bleiben, wie sie will, sogar bis in alle Ewigkeit. Gleich gehe ich drüben auf der Gros-Terrier-Sandbank einen Pfosten einschlagen, der dort auf die dunkle Nacht warten kann. Und wenn Damien Lacassanne, diese dreckige Rotznase, mit dem Fernrohr herumfummelt, kuckt er wirklich in die Röhre, denn es ist nicht hell wie letztes Mal. Gegen elf rufe ich dann bei der Zweigstelle an und erzähle ihnen, daß Lise betrunken ist und einen Anfall hatte oder etwas Ähnliches, daß sie raus wollte und ich jetzt seit einer ganzen Weile auf sie warte. Mit besorgter Stimme werde ich das sagen. Sie werden die Polizei benachrichtigen, die Bullen werden hier aufkreuzen. Falls sie auf die Idee kommen, alles durchzukämmen, finden sie nichts, auch nicht die Engländer, denn ich bringe die ganze nette kleine Gesellschaft mit ein paar Ruderschlägen raus und verstaue sie unter der ersten Boje, die die Chevrier-Sandbank markiert.
Sobald sie wieder weg sind, hole ich mir mein Eigentum zurück. Dann werde ich die Maske des ägyptischen Schakals aufsetzen, zu Ehren der schönen Lise, und man frage mich bloß nicht, was ich mit ihr mache, bevor ich sie um ihre Eingeweide erleichtere.

2. Dezember

Als Lise mich gestern abend zur Spitze des Strands begleitete, war es ungefähr acht Uhr. Sie war betrunken, mehr als am Abend davor, richtig besoffen. Aber ich mochte ihr stumpfes, verbissenes Betrunkensein, denn es wirkte, als könnte es noch sehr viel weiter gehen.

In der Hand hatte sie die Schnapsflasche, aus der ich mich bediene, um die Töpfe zu scheuern.

»Der Pflock, den du heute nachmittag gesetzt hast, an dem willst du mich nachher festmachen, stimmt's?«

Ich zuckte zusammen. Lise warf ein Lachen in die Nacht, den Kopf in den Nacken gelegt.

»Entschuldige, daß ich dich mitten bei der Arbeit so verwirre.«

Sie machte leise »hm«, vielleicht war es ein verstohlenes Rülpsen, vielleicht auch ein Ausdruck der typischen Hellsichtigkeit, wie sie Alkoholiker manchmal haben und die man nicht in Worte fassen kann.

Ich sagte keinen Ton. Wir waren angekommen.

Lise riß mir den Quersack aus den Händen, warf ihn achtlos vor den Pfosten und nahm darauf Platz wie auf einem Sitzkissen.

Ich wußte nicht weiter. Meine Hände in den Hosentaschen zogen sich zusammen wie meine Hoden, wenn es kalt ist. Vielleicht würde es mir diesmal helfen, wenn ich redete.

»Hast du ... hast du schon mal über den Tod nachgedacht?«

Lises Augen fanden mich nicht sofort.

»Den Tod?«
Sie trank einen Schluck und steckte die halbvolle Flasche kräftig in den Sand, den Hals voran.
»Nein.«
Ihr eigener Hals knickte ab, ihr Kopf sank nach vorn.
»Und wenn du jetzt sterben würdest, glaubst du, du würdest da oben weiterleben?«
Lise richtete sich auf und sah mich mißtrauisch an. Dann musterte sie den Himmel, der schwarz war wie ein Autoreifen.
»Da oben? Wie da oben?«
Der Hauch eines Lächelns wanderte über ihre Lippen. Sie zog ein Feuerzeug aus der Tasche und versuchte, den schnapsgetränkten Sand zu entzünden.
»Um weiterzuleben, muß man erst mal gelebt haben. Da ist das Paradies sicher nicht überfüllt.«
Sie hatte die Flasche wieder an sich genommen und wischte die Öffnung mit einem Finger sauber.
»Aber wenn du sterben müßtest, jetzt, hier, wie würdest du gern sterben?«
Lise war müde in ihren Wörtern. Aber sie antwortete trotzdem auf meine quälenden Fragen, als würde jemand sie dazu zwingen.
»Wie ich gern sterben würde ... Na ja ... Wenn ich sterben muß ... am Grund.«
»Am Grund?«
»Ja, am Grund des Indischen Ozeans, umgeben von diesen knallbunten Fischen.«
Mir fiel der Tierfilm von Cousteau ein.
»Das ist schön«, sagte ich.

»Ich habe sie nie in echt gesehen. Nur Scheißwracks. So Wracks wie mich. Zinkrümpfe in Italien. Frachtschiffe vor Sardinien. Es gibt nichts Bescheuerteres als ein Wrack unter Wasser. Nichts Rostigeres. Nichts Traurigeres.«
Lise leckte den Flaschenhals. Ein paar Sandkörner waren noch daran, hier und da in kleinen Bröckchen. Sie fragte mich:
»Bist du schon mal getaucht?«
»Nein.«
»Schade. Wenn du mich nicht umbringst, zeige ich es dir. Und du zeigst mir dafür, wie man Krebse ausstopft, in Ewigkeit, amen.«
Es war kalt, aber Lise riß plötzlich ihren Rock hoch und spreizte die Beine.
»Licht.«
Ich holte mein Lampe heraus und machte sie an. Ihr Haar schaute zu beiden Seiten des Slips heraus. Ihr Becken bewegte sich sacht, als wollte es losfliegen. Ich durfte.
Ich steckte ihr den Kopf zwischen die Beine, zog den Slip mit den Zähnen beiseite und lutschte sie. Sie war so weich wie ein großer Kaugummi. Sie atmete schwer und befahl: »Stärker«, mit einer Stimme, die nicht von den Wellen überdeckt werden konnte. Ihre Finger waren in meinen Kopf gekrallt, sehr fest, ich hätte mich nicht gewundert, wenn es geblutet hätte.
Bald mußte ich meinen Schwanz auspacken, mein Mund genügte ihr nicht mehr.
»Leuchte ihn an.«

Ich richtete den Strahl der Lampe darauf. Lise berührte ihn sacht mit den Fingerspitzen, fast verehrungsvoll. »Er ist zart. Und dick. Man könnte sich daran aufhängen, er würde nicht abknicken. Das wäre ein schöner Tod ... Sich an deinem Schwanz aufhängen. Komm.«
Daß ich kräftig gebaut bin, habe ich schon gesagt, aber wie das für eine Frau ist, die man nicht bezahlt, habe ich erst dank Lise entdeckt, sie schrie »fick, fick, fick«, im Atemrhythmus, und trieb mich an, schneller und fester zuzustoßen. »Mach mir's«, sagte sie, und manchmal einen längeren Satz, den meine Stöße zerlegten. Wenn sie nichts sagte, hatte sie fast die ganze Zeit ihre Zunge draußen, ich brauchte nur noch zu lecken. Unter den Achseln hielt die Bluse, dieselbe, die sie gestern anhatte, meinen Zähnen nicht lange stand. Ich befreite ein duftendes Haarbüschel und wühlte meine Nase hinein; um mehr davon mitzubekommen, rieb ich den Kopf rasend schnell daran und atmete tief ein. Ich glaube, als ich sie zum letzten Mal nahm, war sie halb von Sinnen, vielleicht sogar beide letzten Male. Aber mir war das egal, und bei jedem Orgasmus brüllte ein Löwe, der König der Tiere, zu Füßen des Königs der Leuchttürme, ein Löwe, dessen Mähne dieselbe Farbe hatte wie Lises Haar, ein riesiger, menschenmordender Löwe, der nicht enden will wie ein Dudelsack.
Das Meer umspülte den Fuß des Pflocks. Ich lud mir Lise auf die Arme. Ich trug sie so wie der Kerl bei der Landung vor drei Tagen, so, wie ein Frischvermählter seine Frau über die Schwelle des gemeinsamen Heims trägt.

Sie wog fast nichts.
Beim Gehen ließ ich den Blick nicht von ihr. Sie hatte eine tiefe Falte zwischen den Brauen, ihr Gesicht wirkte verärgert.
Ich blieb stehen, um zu verschnaufen. Hier hätte Joëls Sohn uns vielleicht sehen können, aber das ist egal, ich tat ja nichts Schlechtes.
Lise wachte auf. Sie deutete ein winziges Lächeln an und sagte:
»Du bist lieb.«
Lieb, ja ... Endlich erkennt es jemand! Meine Brust riß sich von der Erde los, und ich rannte, rannte, rannte, und ich warf Lise gen Himmel, als wäre sie mein Teddybär, ich lachte, lachte, lachte, so glücklich war ich, und ich weinte, aus demselben Grund, denn auf einmal hatte ich kein Bedürfnis mehr, jemanden zu töten.

Lise wollte nicht, daß ich in ihrem Bett bleibe. Also kuschelte ich mich in den Lehnsessel und dachte an die Engländer.
Sie haben die Liebe hierhergebracht. Lise und ich, das wäre ohne sie nicht möglich. Wenn sie fertig sind, also bald, veranstalte ich für sie eine schöne Zeremonie, bevor ich sie mit Senkern beschwere und ins Meer werfe. Vielleicht werde ich sogar Lise von alldem erzählen.

3. Dezember

Heute vormittag war ich mit Lise am Strand. In der Hand trug sie eine Plastiktüte mit ihren Stiefeln.
Als das Boot in Sicht kam, flüsterte sie mir ins Ohr:
»Von jetzt an werde ich am Empfänger sitzen. Wir müssen dann rein beruflich reden. Verstehst du, Geoffroy. Rein beruflich.«
»Ja.«
Sie kam nochmal an mein Ohr, diesmal sogar näher.
»Über die Engländer verrate ich nichts. Die Polizei ist in der Zweigstelle aufgekreuzt. Du brauchst dir keine Sorgen zu machen. Sie lassen die Leichen bis nach Talmont suchen, weil sie auf Ertrinken tippen.«
Dem Kerl auf dem Boot rief sie zu:
»Noch ein bißchen näher ran!«
Lise bat mich, die Hände in einem Oval um ihr Feuerzeug zu legen. Sie sagte noch einmal:
»Ich verrate nichts.«
»Was solltest du auch verraten, Lise? Was solltest du verraten?«
Sie antwortete nicht. Der Kerl kam. Sie hob die Arme, um sich hochheben zu lassen, die Zigarette immer zwischen den Lippen.
Ich stand da, völlig baff, zugleich voll Liebe und Angst, voll Ekel vor mir selbst, großem Ekel vor mir selbst.
Von Deck des Boots aus rief Lise mir zu:
»Bringst du mir nächsten Monat das mit den Krebsen bei, in Ewigkeit, amen?«

Ich ging schnell rein, denn ich war aufgewühlt. Wahrscheinlich hat Lise die Körper im Keller in der Nacht entdeckt, in der ich so gut geschlafen habe. Oder sie hat mein Tagebuch in die Finger gekriegt.
Sie hat mich in der Hand, noch fester als zuvor.
Um zu vergessen, ging ich zur Laterne hoch und stellte mich auf die Galerie, mit einem Eimer voll zerschnittener Welse und Samtkrabben. Ich rief ein paarmal *kan* und auch *kju* und *kliiju*. Schließlich hörte mich eine Silbermöwe, dann zehn, dann zwanzig. Als der Eimer leer war, warteten die Vögel noch ein paar Minuten, dann flogen sie mit ihren rauhen Schreien davon.
Ich war wieder allein. Es ging mir nicht gut. Ich stieg die Stufen bis nach ganz unten hinunter, dann wieder hinauf, dann wieder hinunter und wieder hinauf und brach auf der Galerie zusammen.
Ich rollte mich in eine der Schutzplanen der Laterne ein, am liebsten wäre ich ein Kadaver gewesen.
Es dauerte lange, bis ich wieder richtig atmen konnte.
Warum bin ich nicht auf der richtigen Seite geboren worden? Warum habe ich im Bauch dieses Stück Kohle, zitronengroß, das die Finger schmutzig macht, sobald man es anfaßt? Und warum sprießt es jetzt bis in meinen Kopf?
Ich will nicht zu meiner Mutter, zu den Verrückten. Als ich sie das letzte Mal gesehen habe, vor acht Jahren, zog sie ein Kruzifix heraus, fuchtelte mir damit vor der Nase herum und wollte, daß ich es küsse.
»Bitte deinen Vater um Verzeihung! Bitte ihn um Verzeihung!«

»Wofür um Verzeihung, Mama?«
»Für deinen Bruder Geoffroy, der dir seinen Platz abgetreten hat. Du mußt büßen, du mußt büßen!«
Ich muß die Engländer unbedingt so schnell wie möglich wieder auferstehen lassen. Ich muß unbedingt büßen und wiedergutmachen. Sonst werde ich eingesperrt, entweder im Gefängnis oder bei den Irren, und dann sehe ich Lise nie wieder, mein Leben lang. Ich habe meinen Vater überlebt, ich habe meine Mutter überlebt, ich habe Monsieur Rouleau überlebt. Ich habe die beiden Rogers überlebt. Aber das würde ich nicht überleben.

4. Dezember

Wie hat Lise mein Leben verändert? Würde Lise mir ein Stöckchen in sechs Meter tiefe Brandung werfen, ich würde keine Sekunde lang zögern. Der Leuchtturm ist nicht mehr mein Meister. Ich frage mich sogar, was ich hier tue, und ich bin nicht sicher, ob ich noch länger hierbleiben will. Der schöne Leuchtturm von Cordouan mit seinen königlichen Ornamenten ist hinter Lises schlichter Schönheit verblaßt. So hat Lise mein Leben verändert: Sie hat den Leuchtturm getötet.
Vor langer Zeit hatte ich einen Hund, einen Cockerspaniel-Mischling, der mal bei einem Verkehrsrowdy unter die Räder gekommen ist. Er kam mit ein paar Abschürfungen und einem ausgerenkten Becken davon. Es tat ihm dermaßen weh, daß nicht einmal ich ihn anfassen durfte, er hätte mich gebissen. Ich brachte ihn zu einem Knochenrenker, der ihn einmal kurz und kräftig hat aufjaulen lassen, und dann war es vorbei, mein Hund war wieder in Ordnung. Ich sehe immer noch seinen Gesichtsausdruck vor mir. Er schaute sich um, als hätte er das Augenlicht wiedergefunden. Dann sprang er dem Knochenrenker auf die Arme und leckte, leckte, leckte ihm das Gesicht, wedelte rasend schnell mit dem Schwanz und winselte wie als Welpe. Mein Hund liebte mich abgöttisch, aber so wie an jenem Tag dem Knochenrenker hat er mir seine Liebe nie gezeigt.
Lise heilt mich, wie der Renker damals meinen Hund geheilt hat. Besser noch, sie rüstet mich, sie verleiht mir

den Panzer eines Krebses. Als die Bullen anriefen, hatte ich keine Angst.

»Ich will nicht behaupten, daß wir gar nichts anderes mehr tun würden, aber mit einem Fernrohr ist es, als wären wir direkt bei Ihnen.«
Dieser beschissene Damien Lacassanne hat sie auf eine verflucht gute Idee gebracht.
»Wenn man in Le Verdon am Strand steht, kann man den Felsen auf der Seite der Gros-Terrien-Sandbank erkennen, Monsieur Lefayen.«
»Sie haben kein Recht, mich zu observieren.«
Mit Lise neulich abend hat er mich nicht erwischen können, wegen des Wetters. Aber:
»Warum haben Sie sich so mit dem Pfosten abgemüht, Monsieur Lefayen, an dem Morgen, bevor die Ingenieurin zurückgefahren ist?«
Die Flut hatte mich daran gehindert, den Pfosten vor Sonnenaufgang herauszuziehen. Dabei hatten sie mich also beobachtet.
»Seit wann ist es verboten, am Strand einen Pfosten einzuschlagen? Er sollte zum Festmachen beim Angeln sein. Aber dann habe ich es mir anders überlegt.«
»Stimmt, das ist keine gute Idee. Seltsam, daß einer, der sich mit dem Meer auskennt, auf so was kommt.«
»Ich habe ihn mehr als zwei Meter tief eingerammt. Der hätte gehalten.«
»Sie haben recht, es geht uns nichts an. Sie können so viele Pfosten auf dem Strand einrammen und wieder herausziehen, wie Sie wollen, Monsieur Lefayen. Sie

dürfen sogar mit einem Ingenieur weiblichen Geschlechts um die Felsen rudern.«

Das war es also.

»Sie wollte angeln.«

»Monsieur Lefayen, wir wollen Sie nicht belästigen, sondern schützen: Lise Tricoul ist regelmäßig in einer psychiatrischen Klinik.«

»Das hat nicht zu bedeuten, daß sie spinnt.«

»Wenn man eingewiesen wird, dann wohl nicht ohne Grund.«

»Warum erzählen Sie mir das?«

»Die Zweigstelle hat uns gebeten, Sie zu informieren.«

»Warum tun die das nicht selber?«

»Wegen der ärztlichen Schweigepflicht.«

»Wenn sie so verrückt wäre, würden die sie nicht allein arbeiten lassen. Sie hat sich völlig normal verhalten.«

»Das bezweifle ich keineswegs, Monsieur Lefayen. Keineswegs.«

Er ging mir noch weiter mit Lise auf den Wecker: Alkoholikerin, das wußte ich schon, aber sie litt auch unter Wahnvorstellungen, sagte er. Letztes Jahr hätte sie fast ihren Mann und ihre Tochter umgebracht, weil die angeblich mit ihrem Vater schlief, was die Ermittlungen jedoch nicht bestätigt hätten.

Es gelang mir nicht, das Spiel der Bullen zu durchschauen.

Die Engländer haben sie nicht wieder erwähnt. Ich weiß nicht, ob das ein gutes Zeichen ist oder ein schlechtes.

Warum kommen sie nicht? Von Le Verdon aus ist es so

einfach. Warum teilen sie mir mit, daß sie mich überwachen? Weil sie mich für unschuldig halten? Aber warum überwachen sie mich dann?
Oder es war Lise, die sie überwachen wollten.
Vielleicht haben sie mich an dem Nachmittag auf dem Sockel mit ihr gesehen, als ich den Möwen meinen Penis zeigte.
Vielleicht haben sie die Männer von der ersten Nachschubfahrt ausgefragt. Falls ja, dann wissen sie, daß ich mich im Wachzimmer eingeschlossen und Salz bestellt habe, und daß es im Keller übel roch.
Warum sind sie zu Joël gegangen?
Ich kann Polizisten nicht leiden. Ich habe mich schon immer davor gefürchtet, daß ein Fehler, ein Irrtum mich anstelle eines anderen ins Gefängnis bringen könnte.

9. Dezember

Die letzte Woche über habe ich nicht groß was gemacht, außer herumzuträumen. Und ich hatte eine fabelhafte Idee, die aber viel Mut erfordert. Jeden Tag kratze ich ein bißchen mehr davon zusammen, tief in mir drin. Ich brauche noch mehr und noch mehr, eine Tonne Mut.

In den letzten Tagen ist besonders schlechtes Wetter. Draußen heult es, daß man wahnsinnig werden könnte. Immerhin stellt es die Fernrohr-Fanatiker kalt.

Ich widme mich meinen Engländern, die jetzt im Haus der Vollkommenheit sind, unter der Laterne. Ich habe ihre Körper so bearbeitet, daß sie sitzen, Hand in Hand. Ich stopfe ihre Lippen aus und Kathleens Brüste, fülle die Augenhöhlen mit kleinen Stoffkugeln. Sehr bald werde ich sie mit einer letzten Schicht Harz einreiben, nachdem ich sie mit gelbem und rotem Ocker gefärbt habe. Dann kann ich die Gesichter vergolden, die Fingernägel einsetzen und ihre Hände und Füße in ein Henna-Bad tauchen. Ich denke mir schon aus, wie ich sie für den großen Anlaß kleiden will. Ich habe einige sehr schlichte Ideen, von Flora und Fauna des Felsens hier inspiriert, die ganz sicher hervorragend wirken.

Ansonsten sehe ich gierig fern. Einen Film über Narwale, einen anderen über Tiefseefische, der mich, wie auch anders, an Lise denken ließ, und dann einen dritten über den spannenden Kampf einer Kobra gegen eine Manguste. Ich glaube, zum ersten Mal in meinem Leben habe ich Sympathie für eine Schlange empfun-

den. Sie hatte sich auf den zusammengerollten Teil ihres Körpers erhoben, leicht zurückgelehnt, reglos wie ein Leuchtturm, den Kopf gebläht wie die Brust eines Jugendlichen. Sie starrte die Manguste an, die versuchte, sie abzulenken, indem sie unablässig auf ihren Hinterpfoten herumhüpfte wie ein angriffslustiger Boxer, Schwanz in die Luft und mit offenem Maul. Manchmal ließ die Manguste sich auf alle viere nieder, machte einen Buckel und stellte die Haare auf. Sie konnte den Attacken der Kobra jedesmal ausweichen und nahm dann ihren heimtückischen Tanz wieder auf. Natürlich hat sie die Schlange gekriegt.
Der Ekel angesichts der Manguste war größer als meine panische Angst vor Schlangen. Ich stellte mir vor, wie diese dicke, langhaarige Ratte in einer Ecke sitzt und ihre Lakritzrolle wegschmatzt, zusammengekauert, hastig, mit unruhigen Augen, ohne Genuß, und ihre Trophäe verdaut bis zum nächsten kleinen Hunger, wie sie dann ihren wütenden Tanz wieder aufnimmt, um einen neuen, kaltblütigen Imbiß zu ergattern. Ich mußte aufstehen und ging kotzen.

14. Dezember

Am Morgen dachte ich: »Heute muß es sein.«
Ich weiß, es ist unvorsichtig, wegen der Bullen. Wenn sie erfahren, daß ich mich irrsinnig in eine Irre verliebt habe, wie sie sie nennen, werden sie sicher doppelt wachsam. Aber was soll's.
Bei meinem täglichen Funkkontakt mit der Zweigstelle rede ich nicht mit Lise, und es ist nicht Lise, die mir antwortet, sondern eine Ingenieurin vom Wasser- und Schiffahrtsamt. Nicht ich persönlich, sondern ich als Leuchtturmwärter rede mit ihr, und zwar keine Spur vertrauter als der Bulle neulich mit mir. »Professionell«, das hat Lise gesagt.
Aber heute hat der Mann Geoffroy Lefayen, dessen Herz einem zusammengekugelten Igel gleicht, sich gefragt, wie er den Leuchtturmwärter Geoffroy Lefayen unschädlich machen könnte. Also dachte der Mann Geoffroy Lefayen an das Geschlecht und die Achseln der Frau Lise Tricoul, um sich Mut zu machen.
Ich sagte ins Funkgerät:
»Ruf mich übers Telefon an, jetzt sofort.«
Während ich auf ihren Anruf wartete, dachte ich, gleich schimpft sie mich aus. Aber nein.
»Bist du's?«
»Ja.«
»Wie geht's?«
»Gut. Das heißt nein. Du fehlst mir.«
»Das ist normal. Du bist allein.«
»Nein, mir fehlt nicht Gesellschaft, sondern du fehlst

mir.«
»Ich komme ja wieder. Du mußt noch ein bißchen warten.«
»Du kommst wieder?«
»Ja, ich sag's doch.«
»Dann machen wir dasselbe wieder.«
»Sogar noch besser.«
Sie wirkte ganz klar.
»Lise.«
»Ja?«
»Ich muß mit dir reden.«
»Nicht über den Tod hoffentlich. Ich mag es nicht, wenn du über den Tod redest. Ich mag es sowieso nicht, wenn du redest, kurz gesagt.«
Sie sagte leise:
»Mir ist lieber, wenn du mich fickst.«
Ihre Worte hatten eine unmittelbare Wirkung, aber ich behielt einen klaren Kopf und kam nicht aus dem Konzept.
»Ja. Ich ...«
Ich hatte ein Möwennest im Hals.
»Ich möchte, daß du meine Frau wirst.«
Stille auf beiden Seiten.
»Deine Frau?«
Ich schluckte meine Spucke herunter.
»Ja.«
Lise wirkte nervös.
»Ich mach mal die Tür zu.«
Ich hörte, wie ihre Absätze über den Boden hämmerten, dort am anderen Ende, und die Bilder, die mir durch

den Kopf schossen, ließen meinen Penis anschwellen wie den Kopf der Kobra neulich im Fernsehen.

»Deine Frau ... Weißt du nicht, daß ich verheiratet bin?«

»Ja. Aber das macht nichts. Du kannst dich scheiden lassen. Dein Mann scheint ja ...«

Ein heftig auf den Boden knallender Absatz, wie eine Ohrfeige. Sie zischte:

»Was weißt du über meinen Mann?«

»Nichts. Daß es bei euch nicht besonders läuft, mehr nicht.«

»Das reicht nicht, um den ersten besten zu heiraten.«

Mein Herz wummerte, meine Stimme war nicht mehr dieselbe.

»Ich bin nicht der erste beste. Ich liebe dich.«

Es kam ganz von allein, wie ein Mitesser.

Lise wurde milder.

»Wenn man alle Männer heiraten wollte, mit denen man schläft, dann würden die Leute vorm Standesamt Schlange stehen.«

»Also, du willst nicht?«

»Man heiratet nicht eine Frau, nur weil man einmal mit ihr ins Bett gegangen ist.«

»Ich verlange nicht, daß du dich sofort entscheidest.«

»Sofort oder in hundert Jahren, ich sage auf jeden Fall nein. Das Alleinsein scheint dir nicht zu bekommen.«

Lise redete, aber ich hörte nicht mehr zu. Ich knallte den Hörer so auf die Gabel, daß er zersprang. Das Telefon klingelte gleich wieder, ich nahm nicht ab. Mir stand nur noch Weiß vor Augen, als wäre ich in der

Wüste. Und dann rückten die Wände auf mich zu, da mußte ich mich wehren. Mein Adamsapfel war an den Stein gepreßt, meine Hände zerkratzten Cordouan. »Scheiß-Leuchtturm!« schrie ich, bis ich taub wurde, tausendmal. Ich rannte die Treppen noch schneller hoch und runter als das letzte Mal, um die Tränen zurückzudrängen, die sich in meinen Augenwinkeln ballten. Ich ging auf die Galerie, es regnete schwer. Sicher eine Stunde lang stand ich so da, ich wollte mir die Seele waschen. Ich machte die Augen zu und schlug mit der Faust eine Scheibe ein. Mein kühles Blut brachte mich ein wenig zur Besinnung, konnte mich aber nicht daran hindern, mit der anderen Faust noch eine Scheibe einzuschlagen. Ich schmierte mir das Gesicht mit meinem Blut ein, bald wusch der Regen es in Rinnsalen auf mein Hemd. Wer weiß warum, ich dachte an meinen Vater und an Geoffroy, meinen Bruder, und neue Tränen mischten sich in den Regen und mein Blut.

Die Engländer waren wundervoll. Als ich mich zwischen sie setzte, stießen sie den lieben kleinen Schakal nicht weg, der sie liebevoll ins Paradies geleiten wird. Die Engländer sind meine Freunde. Wahre Freunde, die einen nie verraten.

15. Dezember

Es ist sechs Uhr früh, ich schreibe jetzt erst weiter, gestern bekam ich so schweres Kopfweh, daß ich den Stift weglegen mußte.

Gestern abend also war ich gerade unten, als das Telefon klingelte, gegen acht. Ich hatte schon die beiden Scheiben ausgewechselt, mir das Blut abgewaschen und meine Hände verbunden. Lise vielleicht?

»Geoffroy?«

Es war Joël.

»Wie geht's?«

»Scheißerkältet.«

»Nichts Schlimmes?«

»Nichts Schlimmes.«

»Gut ... Ich hab's dir beim letzten Mal nicht gesagt. Die Bullen sind zu uns nach Hause gekommen, wegen den beiden vermißten Engländern, du weißt schon.«

»Wieso zu dir nach Hause?«

»Der Engländer hatte mich vor zwei Monaten angerufen, weil er sich für den Leuchtturm interessierte. Ich hab gesagt, er kann gern mal vorbeikommen, und wir haben bißchen geredet und was getrunken. Meine Frau hat die Bullen geholt, sie hatte Angst, die finden das von selber heraus und fragen sich, warum wir nicht gleich davon erzählt haben.«

Es war Joël unangenehm. Er sagte:

»Gut ... Ich habe nicht gesagt, daß Damien an dem Tag drei Leute am Strand gesehen hat. Aber ich glaube, Damien hat es ihnen erzählt.«

»Ja, hat er.«
»Er hat mir versprochen, seiner Mutter nichts davon zu sagen.«
»Gut so. Die macht sonst nur Ärger.«
»Ich hoffe, das schadet dir nicht.«
»Warum sollte mir das schaden?«
»Mit den Bullen weißt du nie. Vor allem der, der zu uns gekommen ist. Pisser. Gut, also du bist Damien nicht böse?«
»Ich bin Damien nicht böse.«
»Er hat's nicht böse gemeint. Du kennst ihn ja. Er hat Angst, das ist alles.«
»In Ordnung, sage ich ja.«
»Ich rufe auch wegen dem Nachschub nächste Woche an, um den kümmere ich mich. Also falls das Wetter besser wird, denn wie's aussieht, kann's bis Weihnachten ganz schön blasen. Wenn möglich, komme ich mit Damien. Willst du was Spezielles?«
»...«
»Geoffroy?«
»...«
»Antworte schon, du Sack.«
»Komm nicht, Joël. Komm nicht.«
»Was nicht in Ordnung, Geoffroy?«
»Komm nicht. Nicht allein und schon gar nicht mit Damien.«

21. Dezember

Seit vier Tagen liege ich. Bei mir sind mein ausgestopfter Krebs, mein einäugiger Teddybär und eine junge, am Flügel verletzte Möwe, die ich vorgestern auf der Galerie gefunden habe. So eine junge Möwe ist rührend mit ihren verwaschen grau gefleckten Federn und diesem kleinen hochmütigen Grinsen. Wahrscheinlich hat eine starke Böe sie gegen die Laterne geschleudert, oder das Licht hat sie angezogen. Das kommt manchmal vor. Erst hat sie versucht, nach mir zu hacken, aber dann hat sie mich machen lassen. Ich habe sie getrocknet, mit Muscheln und Käseresten gefüttert und ihr den Flügel mit einem Stück Balsaholz geschient. Die Sisal-Leine mit dem dicken Kiesel am Ende scheint sie nicht weiter zu stören. Es geht ihr schon besser.
Ich dagegen ... Wahrscheinlich habe ich Fieber. Ich habe vor allem Angst, nachts sogar vor den Engländern. Nicht gut.
Großer Gott, was ich friere! Letzten Montag im Regen habe ich mir den Tod geholt. Keinen Appetit. Paßt ganz gut, der Kühlschrank ist leer.
Keine Laune zum Angeln, außerdem ist das Meer zu unruhig zur Zeit. Meine Funkmeldungen habe ich auf eine pro Tag reduziert. Fernsehen langweilt mich. Sogar beim Schreiben tut mir alles weh, Rücken, Augen, Hand.

Als Joël kam, lag ich im Ingenieurslogis, hatte abgeschlossen. Auch die Zugangstür am Sockel hatte ich zugesperrt.

Ich hörte Joël rufen.
»Mach auf, Geoffroy. Wir sind's!«
»Haut ab.«
Offenbar waren sie überrascht, sie antworteten nicht gleich.
»Sei nicht so bockig. Ich habe einen Arzt dabei. Donnerstag habe ich gemerkt, daß du nicht in Ordnung bist.«
Er hatte am Donnerstag angerufen, um sich noch einmal zu entschuldigen. Dummerweise hatte ich das Fieber erwähnt.
»Soll sich verpissen. Ich brauche niemand.«
»Du bist nicht gesund, Geoffroy. Er sorgt dafür, daß du wieder auf die Beine kommst.«
»Ich sage doch, mir fehlt nichts. Ich will niemanden sehen.«
»Geoffroy, hör her. Wir machen kurz eine Runde und kommen in ein paar Minuten wieder. Wenn du dann nicht aufgemacht hast, kommen wir über die Leiter rein.«
Die »paar Minuten« haben mir genügt, um oben vom Sockel her mit dem Meißel die sechs letzten Leitersprossen herauszubrechen. Danach habe ich mich wieder ins Ingenieurslogis verkrochen.
Da waren sie schon.
»Mein Gott, Geoffroy! Du bist völlig durchgeknallt!«
»Haut ab, sage ich.«
Sie antworteten nicht.
»Haut ab!«
»Nicht, bevor wir dich gesehen haben.«

»Ihr bekommt mich nicht zu sehen. Nie mehr.«
Ich beschloß, nichts mehr zu sagen, bis die Flut sie vertreibt. Dann hörte ich eine mir unbekannte Stimme.
»Monsieur Lefayen?«
Der Arzt. Der Wind antwortete für mich.
»Sie können nicht ohne Behandlung bleiben.«
Wieder der Wind.
»Ich muß Sie untersuchen. Dann kann ich Ihnen sagen, was Sie aus dem Medizinschrank nehmen sollen. Lassen Sie mich wenigstens ...«
Ich nahm all meine Kraft zusammen und überschrie den Wind: »Verpißt euch! Alle miteinander!«
Gut fünf Minuten vergingen, vielleicht auch zehn. Endlich hatten sie begriffen, daß sie ihre Zeit vergeudeten.
»Gut, Geoffroy, wir gehen. Damien hat dir alles, was du brauchst, an die Leiter gehängt. Auch Medizin. Wir kommen wieder, Geoffroy.«
Das Motorengeräusch sagte mir, daß sie nicht gelogen hatten. Ich stand auf und sprang auf den Rand des Sockels. Joël winkte mir vom Boot aus zu, rief etwas, das im Tosen unterging. Ich ging zur Leiter, nahm eine große Segeltuchtasche ab, die wie ein Militärsack aussah. Die Flut leckte schon fast an ihrem Boden.
Drinnen waren ein paar Brote, drei Pfund jedes und fast ein bißchen verbrannt, Obst und Gemüse, alles zweite Wahl, ein Fünf-Kilo-Eimer Honig, Käse und Milch, ein paar Konservendosen, eine Flasche alter Cognac und eine mit Pineau, ein hübscher junger Erpel, noch ungerupft, Entenleberpastete, ein kleiner Tannenbaum aus Plastik samt Kugeln, eine häßliche Krippe mit dem gan-

zen Krempel, Ochs Esel Könige und Jesuskind, ein Baumstammkuchen mit Kremfüllung aus dem Großmarkt und vier Schachteln Vibramycin 500.
Ich nahm den Vogel und die Flaschen heraus und schmiß den ganzen restlichen Scheiß ins Meer.

22. Dezember

Gestern rief Joël noch mal an, gleich als er wieder an Land war.

»Alter, so geht das nicht.«

»Wie ist das Wetter in Royan?«

»Wie soll es sein? Genau wie bei dir, in deinem Scheißleuchtturm. Das bekommt dir nicht. Bald drei Monate. Sie müssen dich ablösen. Ich rede mit ihnen.«

»Wird schon gehen.«

»Warum hast du mich nicht sehen wollen, Geoffroy? Wegen Damien und den Bullen, was?«

»Nein, nicht wegen Damien und den Bullen.«

»Also, was ist?«

»Das verstehst du nicht, Joël. Du verstehst es nicht.«

25. Dezember

Mir ist etwas besser. Der Weihnachtsabend mit Kathleen und Steven und dreien meiner schönsten Krebse war recht angenehm. Gegessen habe ich nichts, aber es herrschte Freundschaft, und das ist die Hauptsache.
Aber die Flasche Cognac habe ich leergemacht, fast auf einen Sitz. Danach war mir ein bißchen schummerig. Ich hoffe, ich habe mir bei Kathleen nicht allzu schlimme Vertraulichkeiten herausgenommen.
Heute früh hatte ich Katzenjammer. Zum ersten Mal in meiner Laufbahn habe ich vergessen, das Leuchtfeuer abzuschalten. Wenn ich es nicht angemacht hätte, das wäre schlimmer gewesen, aber es ist trotzdem nicht gut. Der Wärter von La Coubre hat mich dreimal angerufen, ich habe es erst beim dritten Mal gehört. Joël desgleichen, er hatte La Coubre informiert. Er ist mir wieder mit Bemerkungen über meine Gesundheit auf die Nerven gegangen, und ich habe versucht, ihn ein für allemal zu beruhigen, damit er mich endlich in Frieden läßt. Aber dann hat er wieder gesagt, er würde sich bei der Zweigstelle melden.
»Wenn du das tust, bring ich dich um.«
Es kam von ganz allein, wie als ich neulich zu Lise »Ich liebe dich« sagte. Klang offenbar ernst gemeint.
»He, he. Ich will ja nur dein Bestes.«
»Du hängst zu sehr am Leuchtturm, Joël, du hängst zu sehr am Leuchtturm. Vergiß den Leuchtturm, der tut deinem Kopf nicht gut.«
»Du bist es, der hier zu sehr am Leuchtturm hängt,

Geoffroy. Das sind genau die Symptome, wenn einer denkt, alles ist normal, aber das ist es absolut nicht. Als wüßtest du das nicht. Wie ein Anfänger.«
»So was muß ich mir von einem anhören, der sich von der Lampe die Augen verbrennen läßt? Ich scheiß auf dich, Joël, verstehst du? Ich scheiß auf dich.«
Dann wartete ich blödsinnig auf einen Anruf der echten Lise, nicht der Lise vom Funkgerät. Sonst tat ich nichts, ich wartete, saß am Boden, den Rücken an die Wand gelehnt, als wäre das eine wichtige Tätigkeit, die den ganzen Mann erfordert, seinen Körper inbegriffen.
Draußen zerschlug das Wetter die Minuten und die Stunden. Das Warten auf Lise zog mein zweiundfünfzigstes Weihnachten in den Dreck.

Heute abend fand ich ein bißchen Energie wieder. Ich machte mich an Joëls Erpel. Diesmal arbeitete ich in der Küche. Ich legte ihn auf ein Stück sauberen Karton und machte einen Einschnitt vom Bürzel bis zum Kopf, sorgfältig, ohne Federn zu zerschneiden. Dann löste ich die Haut vom Leib, durchtrennte Flügel- und Beinknochen und schnitt den Hals ab. Ich zog die Haut vom Schädel, mit besonderer Vorsicht an den Augen, und trennte die Zunge heraus. Dann drehte ich das Tier behutsam um und ... und sackte zusammen, Kopf voran, wo waren meine geschickten Hände geblieben? Ich hatte die Fettdrüsen des Vogels verletzt und die Federn befleckt.
Auch das passiert mir zum ersten Mal.
Wenn ich den Toten nicht mehr das Leben wiedergeben

kann, bin ich gut für den Schrott.
Langsam glaube ich, dieser Leuchtturm ist verflucht. Vorhin bin ich mit dem Skalpell auf die Wände der Kapelle losgegangen, so, wie eine wütende Schwester ihren Bruder bis aufs Blut zerkratzen möchte. »Geschieht dir recht!« rief ich immer wieder, auch wenn es dieselbe Wirkung hatte wie eine Nadel in einem Pferdehuf, ich weiß schon. Dann ging ich hinaus, obwohl es Nacht war, obwohl der Regen prasselte, als wären es Hagelkörner. Den Vorschlaghammer in der Hand, drosch ich mit aller Kraft auf die mächtigen Betonflächen ein, die den Leuchtturm auf dem schmierigen Fels halten.
Das Ungeheuer blieb reglos und taub. Aber drinnen, in seinen Eingeweiden, haben sie mich vielleicht gehört, sie, mein Vater, meine Mutter, mein Bruder, Monsieur Rouleau und die beiden Rogers.

27. Dezember

Es stimmt, zur Zeit bin ich viel müder als sonst, körperlich wie im Kopf, aber bis auf Weihnachten habe ich meine Arbeit immer einwandfrei erledigt, Funkmeldung und alles andere, und ich führe immer das Journal; ich weiß, daß dieser Mechanismus niemals versagt, was auch geschieht, als wäre der Leuchtturm eines meiner lebenswichtigen Organe oder mein kleines Kind oder mein alter Papa, der nicht mehr alleine essen kann. Andererseits weiß ich nicht, wann ich mich im Normalzustand befinde. Stehe ich unter Hypnose, wenn ich mich um den Leuchtturm kümmere? Dann wäre ich die übrige Zeit ich selbst. Oder ist es umgekehrt? Zum Beispiel kann ich mir nicht erklären, warum ich gestern abend unbedingt zu den Felsen gehen und mich dort austoben mußte. Wahrscheinlich brauchte ich Auslauf. Oder es war Lises Schuld. Ja, Lise tut mir weh. Aber das ist kein Grund, alles kurz und klein zu schlagen oder in Hungerstreik zu treten wie die letzten Tage.

Ich bin keiner, der sich lange zermartert: Heute morgen habe ich ein bißchen mit dem Skalpell am Erpel gewerkelt, dann hat sich das Wetter ein wenig beruhigt, und ich nutzte die Gelegenheit, um die *Poussée d'Archimède* zu Wasser zu lassen und mal auszuprobieren, ob meine Leinen noch zu was taugen. Ich träumte herum, sicher wegen Lise, eine Angelrute zwischen den Knien, angeschlagen, aber frisch rasiert, als der Prahm an ein Fäßchen aus hellem Holz stieß, ungefähr fünfzig Liter, genau so eines, wie im Keller vom alten Rouleau auf zwei Mauersteinen eins stand (der Sack zwang mich, jeden Abend seinen Roten zapfen zu gehen, dabei wußte er genau, daß ich vor Schiß fast umkam wegen der Kröten, die im Untergeschoß des Gebäudes hausten). Es war voll. Zurück im Leuchtturm machte ich es rasch mit dem Handbohrer auf, saugte mit einem Schlauch an und hatte auf einmal einen echten, wunderbaren Schnaps wie zu Großvaters Zeiten im Mund, etwas mit Nuß oder Feige, jedenfalls nichts ganz Gewöhnliches. Es kostete mich gut zwei Stunden, den Stoff in die fünfzig halben Flaschen und die zwanzig Literflaschen – Pfandflaschen mit Sternen am Hals – umzufüllen, die im Keller zwischengelagert waren. Zu meiner großen Überraschung gab das Fäßchen nichts mehr her, als knapp die Hälfte der Flaschen gefüllt war. Ich schüttelte es, es war immer noch schwer. Ich schüttelte es kräftiger, etwas rumpelte an der Wandung, ein dumpfes, irgendwie trauriges Geräusch. Da öffnete ich den Deckel und holte eine niedliche, schnapstriefende kleine Äffin heraus, sie war zusammengekauert wie ein Embryo und hinreißend gut erhalten.

Ich war so was von glücklich, daß ich sie umarmte, ohne sie vorher trockenzuwischen, egal, daß meine Jacke hinterher nach Schnaps stank, und ich warf sie in die Luft, um sie zu feiern, wie neulich Lise bei den Felsen. Im selben Schwung ging ich sie meiner kleinen Familie vorstellen, Baby Meeraal, dem lieben Krebs und dem lieben Erpel (noch nicht fertig), der lieben kranken Möwe und natürlich Freundin Kathleen und Freund Steven.

Ich machte Cheetah einen Platz in meinem Schlafzimmer frei, neben meinem einäugigen Teddybär. Ich war so ruhig wie seit langem nicht mehr.

28. Dezember

Der Tag heute lief so weiter, wie der gestrige aufgehört hat, weitgehend ruhig. Lise hätte eben wirklich nicht anrufen dürfen, jetzt hat sie alles kaputtgemacht. Ich weiß nicht, was für eine Nacht mir bevorsteht, beziehungsweise, ich weiß es nur zu gut.
»Wir können dich ablösen, wenn du willst. Wir hätten da wen.«
»Soll sich zum Teufel scheren.«
Lise war sturzbetrunken, sie suchte nach Wörtern.
»Ich komme nicht wie geplant.«
»Wegen mir.«
»Wegen dem Papst.«
»Und wer kommt statt dessen?«
»Mir scheißegal. Vielleicht eine Frau, wer weiß. Die kannst du dann wieder ficken.«
»Sprich nicht so.«
»Vor der kannst du auch deinen Schwanz rausholen, während sie schläft. Mir hat gerade das gefallen.«
Also hatte sie mich doch gesehen, mich Verrückten. Wenn jetzt die Bullen mithören ...
»Warum kannst du nicht kommen?«
»Ich hab was vor.«
»Im Job?«
»Nein. Mit meinem Mann, dem Arsch.«
»Wie, deinem Mann, dem Arsch?«
»Der hat einfach zu viel Haare am Bauch. Und genau solche Beine wie seine Mutter. Er stinkt und beschimpft mich. Er hält mich für seine Mutter, und er fickt meine

Tochter, und diese Schlampe glaubt ihm alles, was er erzählt. Außerdem taucht er nicht gern.«
»Also, ich würde es mögen.«
»Ich bring ihn um, Geoffroy.«
»Sag das nicht.«
»Ihn mit seinem fetten, haarigen Wanst und seinen Altweiberbeinen und diesem Mundgeruch wie ein Ringeltaubenjäger.«
»Ich möchte nicht, daß du Ärger kriegst.«
»Mir passiert schon nichts. Ich bin schlau. So schlau wie du schon lange. Hinterher verkrieche ich mich.«
»Wie, verkriechst dich?«
»Bei den Verrückten. Da geht es mir gut. Ich bin verrückt, wenn ich dort bin, aber es geht mir gut. Bei den Verrückten geht es mir besser als bei den anderen.«
»Du bist nicht verrückt, Lise.«
»Das sagt mein Arzt auch. Das hindert ihn aber nicht, sich mit meinem Mann zusammenzutun, um mich zwangseinweisen zu lassen.«
»Komm zum Leuchtturm.«
»Nein. Obwohl ich nie im Leben so einen netten Sackträger getroffen habe wie dich.«

Ich weiß, daß du nicht kommst. Und daß du durchaus imstande bist, deinen Mann zu töten.
Ich weiß, daß mir noch jahrelange Sonderschichten in der Einsamkeit bevorstehen.
Heute nacht wird der Wind in meinem Schädel schauerlich heulen.
Ich brauche Freunde, echte Freunde aus Fleisch und

Blut. Ich habe Plüschtiere und Mumien gründlich satt. Ich brauche Freunde, ich brauche einen Hund. Wenn ich einen einzigen Wunsch frei hätte, dann würde ich mir wünschen, daß mir ein Hund geschickt wird.

1. Januar

Die ersten Neujahrswünsche bekam ich von den Bullen zu hören. Sie riefen gegen acht Uhr früh an, weil es etwas Neues gäbe wegen der Suche nach den Engländern. Was, sagten sie nicht. Außerdem habe ich nicht gefragt. Es war nicht derselbe wie beim letzten Mal. Der hier hat eine gute Stimme.

Er hat mich nicht mit dem Fernrohr genervt und auch nicht von Lise geredet.

Erst gab es viele Pausen in unserem Gespräch. Wahrscheinlich machte er das mit Absicht, um mich aus dem Konzept zu bringen.

Dann löcherte er mich wie ein Maschinengewehr mit ziemlich unzusammenhängenden Fragen. Wie lange ich schon Präparator bin (hat Joël wieder gequatscht), wo ich bei der Armee gedient habe, ob ich Geschwister habe undsoweiter. Ob dies, ob das ... Ich habe wirklich keine Ahnung, warum den interessiert, ob ich mich als Kind mit meinen Eltern verstanden habe oder nicht.

Der Typ muß sehr fähig sein, ich habe ihm vertraut. Habe Familiensachen erzählt, über die ich gar nicht gern rede, weil ich mich schäme. Ich habe sogar ein paar Dinger vom alten Rouleau rausgelassen, und zwar nicht die hübschesten.

Er hat sich alles angehört, ohne zu unterbrechen. Niemals im Leben habe ich so viel von mir erzählt. Ich hoffe, nicht zu viel.

Nochmal: Der Typ ist sehr fähig.

Seine Stimme war sanft, er sagte: »Ich werde Sie bald

besuchen kommen, Monsieur Lefayen.«
Und er fügte hinzu: »Ich heiße Jacques.«

Als er auflegte, dachte ich: »Hoffentlich bald.« Ich werde wieder mit ihm reden.
Jacques ist ein Freund. Er hat mir genauso gutgetan wie Lise neulich. Sogar noch mehr.

4. Januar

Es gibt einen Gott der Leuchtturmwärter. Ich habe einen Hund, einen echten, wirklich echten Irish Setter. Er heißt Bambi und hat feuerrotes Haar, wie Lise, vielleicht erinnert er mich deswegwen so an sie. Er ist wohl knapp ein Jahr alt. Unablässig ist er außer Atem, das mag ich so an Hunden. Bei Ebbe lasse ich ihn an den Strand, dann jagt er Möwen. Eines Tages kriegt er sicher eine, so geschickt, wie er ist. Wenn er zurückkommt, ist er ganz voll mit feuchtem Sand und Algen, und ich finde es schön, ihn trockenzurubbeln. »Guter Hund, guter Hund«, sage ich. Er bellt zur Antwort. Heute mittag habe ich ihn aber bestrafen müssen, weil er fast meine hinkende Möwe erledigt hätte, dabei habe ich sie oben auf dem Büffet in der Küche untergebracht. Wahrscheinlich wollte er mir nur sagen, daß Essenszeit war. Ich häutete eine gekochte Meeräsche für ihn, erst schmollte er, dann hat er sie doch gefressen. Ich weiß, du bist keine Katze, aber hier gibt es eben nur Fisch, Bambi. Daran wirst du dich gewöhnen müssen.

Mit Sicherheit wissen ganz Royan, ganz Le Verdon und sämtliche Freizeitkapitäne der Gegend, daß du hier bist, denn ich lasse dich frei herumrennen, das fehlte ja noch, schließlich bist du ein Jagdhund. Wenn mich einer fragt, wo ich dich herhabe, ziehe ich die Wangen ein, hebe die Augenbrauen und mache einen kleinen Pups mit dem Mund: »Tja ... Eines Morgens war er da, sicher von einem Boot ...« Und dann werfe ich ein Stück

Holz für dich, um zu zeigen, daß mich solche Fragen anöden.

Als ich am Strand Gebell hörte, dachte ich erst, das sei der Wind, der an dem Abend kräftig blies. Aber dann hörte ich Stimmen, und jemand klopfte an die Tür.
Ich sah nur dich. Deine Herrchen wirkten auf mich wie kleine Gauner; drei Spanier oder Portugiesen, ich weiß nicht. Sag mir, Bambi, wie kamen sie bloß auf die Idee, mir gleich einen Revolver an die Schläfe zu halten, als ob der Leuchtturm eine Bank wäre und ich der Schalterbeamte? Wären sie nett und freundlich gewesen und hätten gesagt, ach je, wir haben eine Panne, könnten wir wohl über Nacht hierbleiben und morgen den Motor reparieren, ich hätte gesagt: »Ja, natürlich« ...
Hmnja. Du hast ja recht. Ich hätte sie trotzdem getötet.

5. Januar

Mittlerweile weiß ich, daß sie vor der Polizei auf der Flucht waren. Die Küstenwache hat angerufen und ein spanisches Boot gemeldet, es sei »verdächtig«, meinten sie.

Sie hatten Hunger. So ein Pech, der Kühlschrank ist seit langem leer. Einer der Kerle dachte wohl, ich mache mich über sie lustig, und verpaßte mir eine Ohrfeige. Seine dicke Uhr tat weh. Dann durchsuchten sie die Schränke. Und dann diskutierten sie miteinander. Ich verstand nichts, doch dem Klang der Worte und ihren Blicken nach zu urteilen, waren sie sehr unter Druck.

Derjenige, der mich geschlagen hatte, ging zum Boot zurück, um etwas zu essen zu holen, wenn ich richtig lag.

Besser, sie wären an diesem einen Abend etwas bescheidener gewesen. Du wirst sagen, ich wäre auch auf sie losgegangen, wenn sie zu dritt gewesen wären. Oder zu zehnt.

Der miese Sack, der seinen Revolver die ganze Zeit nicht von meiner Schläfe nahm, kriegte an seine eigene Schläfe meinen Krebstopf, mit so viel Wucht, daß er, glaube ich, auf der Stelle tot war. Bambi, du weißt doch noch, der andere stand da, den Arsch nach hinten rausgestreckt, den Körper leicht gekrümmt, ein Springmesser in der Rechten. Der konnte mir keine Angst machen! Ich packte mein Hackmesser, das, mit dem ich alles mache, Fische schuppen oder ihnen den Kopf abhauen oder Petersilie fein hacken, und ging in aller Ruhe auf ihn zu. Du wedeltest dazu mit dem Schwanz ... Ich ließ sein Messer durch die Luft fliegen, dann zwang ich seine Hand auf die Tischplatte, und vier ganze und drei halbe Fingerglieder flogen dem Messer hinterher. Ich mußte ihn k.o. schlagen, weil er so viel herumschrie.

Ich ging hinaus, man muß das Eisen schmieden, solang es heiß ist. Der Dritte konnte kämpfen. Er hat mich zweimal erwischt, einmal am Auge und einmal am Kiefer. Ein stämmiger Kerl, die Hiebe saßen. Ich kann nicht kämpfen, es ist auch besser, ich versuch's erst gar nicht, denn ich brauche nie zweimal hinzulangen. Mein gesamtes Gewicht rammte gegen seine Nackenwirbel. Er schnitt eine Grimasse, ging in die Knie, und sein Körper spielte schlafendes Krokodil.

Ich packte ihn am Handgelenk, dem mit der dicken Uhr, und schleifte ihn raus auf die Felsen. Seltsam, aber in dem Augenblick spürte ich all meine Kraft.

Der Kopf von dem Kerl knallte gegen die Felsen. Ich setzte ihn in eine Pfütze, aber er sackte zusammen. Ich schöpfte Schlamm mit meinen Händen wie mit zwei großen Kellen und rieb ihm sorgsam das Gesicht ein, den Hals, die Schlüsselbeine und auch die Unterarme.

Dann nahm ich noch welchen und shampoonierte ihn.

Und dann rieb ich ihn mit grünen Algen ab, damit er nach Meer roch.

Ein dünnes Blutrinnsal floß ihm aus der Nase, ganz langsam. Er starb gerade oder war eben gestorben oder würde gleich sterben, dieses Detail war mir ziemlich schnuppe, so sehr war ich auf den Anblick des Bluts konzentriert, das von der Nase bis zu den hervorspringenden Adern an seinem Hals ein schmales Band bildete. Plötzlich bekam ich Lust, es zu verwenden wie Zinnoberrot, eine riesige Leinwand damit anzustreichen und mit einem Abdruck der Hand zu signieren wie die Urmenschen an den Wänden ihrer Höhlen.

Ich glaube, ich saß lange so da und träumte davon, ein Künstler zu sein.

Die Kälte trieb mich zum Leuchtturm zurück. Ich schleifte mein Bündel hinter mir her wie vorhin, dann warf ich es auf die Stufen zum Sockel, vor die Ausfalltür, denn es wurde mir allmählich zu schwer.

Als du mich wiedersahst, hast du dich ja so gefreut! Wie groß du mir vorkamst, als du auf den Hinterbeinen standest. »Guter Hund, guter Hund!« sagte ich. Du hast mir das Blut von den Händen geleckt und wolltest spielen. Aber das war nicht der passende Moment. Ich mußte mich noch um die beiden Arschlöcher kümmern, die meine Küche verschandelten.

Ich fesselte sie aneinander und schleppte sie bis zur Galerie hoch. Ebenso, wie der Kopf ihres Freundes an die Felsen geknallt war, knallten ihre Köpfe auf die Stufen, zweihundertneunzigmal.

Du folgtest uns bellend. In deinen Augen konnte ich lesen: »Spielen, spielen.« Ich sagte: »Ja. Bald. Papa ist bald fertig.«

Auf der Galerie angekommen, lehnte ich die beiden Fleischsäcke an die grüne Scheibe; gesünder wurde ihre Gesichtsfarbe dadurch nicht gerade. Tut mir leid,

Bambi, daß ich dir die Tür vor der Nase zugeschlagen habe, aber ich mußte befürchten, daß die Lampe dir deinen braunen Augen verbrennt, deine schönen braunen Augen, genau wie Joël, dem Idioten. Außerdem wollte ich nicht, daß du mit ansiehst, wie dein Papa die beiden Mistkerle an den Füßen verschnürt, das Seil ans Geländer knotet und die zwei Kopf voran über Bord wirft. Kein schöner Anblick für Hunde.
Vor allem, weil der eine aufwachte und schrill »Gnade« winselte.
»Gnade?« fragte ich. »Wofür Gnade, mein Junge? Sei mir lieber dankbar, daß du so sterben darfst, an einem Riesenschwanz aufgehängt. Es gibt Leute, die träumen von so einem Tod.«
Als ich sie wieder hochhievte, lebte der mit den abgeschnittenen Fingern immer noch. Kurz stellte ich mir vor, wie es wäre, ihn zu pflegen. Ihn waschen und wärmen, für ihn angeln gehen und kochen, ihn füttern, seine Fortschritte von Tag zu Tag beobachten wie bei meiner Möwe. Aber dann dachte ich, daß Bambi sicher eifersüchtig sein würde, es reichte schon mit der Möwe. Überdies, wer weiß, ob er sich nicht am Ende undankbar zeigt, wenn er wieder zu Kräften gekommen ist. Also habe ich ihn kaltgemacht.
Bambi, als ich die Tür aufmachte, hast du dich wieder so unbändig gefreut. Fast hättest du mich mit meinen beiden Packen auf den Schultern die Treppe hinuntergeschubst, so aufgeregt warst du. »Spielen, spielen«, sagten deine Augen. »Guter Hund, guter Hund«, sagten meine.

Diese Säcke verdienten nicht einmal einen Salzwassereinlauf in den Hintern und daß man sie verkorkt mit dem, was gerade zur Hand ist. Ich lud alle drei auf die *Poussée d'Archimède* und zog sie zum Wasser. Dann ruderte ich zu ihrem Boot, machte den Prahm daran fest, stemmte ihre Körper an Deck und fesselte sie an den Anker, den ich hochgehievt hatte.
Währenddessen trieb das Boot ab, wie ich es hoffte. Ich stöberte in der Kajüte herum, aber der Kühlschrank und die anderen Schränke waren genauso leer wie auf dem Leuchtturm. Immerhin fand ich vier Konservendosen, die ich mir nacheinander einverleibte, mit den Fingern, ich weiß nicht mal mehr, was ich da aß, denn von dem Ganzen hatte ich einen Mordshunger bekommen. Außerdem war da ein Sechserpack Bier, den zischte ich auch gleich weg.
Dann stieg ich wieder an Deck. Wir waren ziemlich weit abgedriftet. Ich ging wieder hinunter und hieb mit dem Vorschlaghammer und der Eisenstange, die ich mitgenommen hatte, zwei Wasserlöcher in den Kiel. Dann sprang ich schnell in den Prahm und ließ die Ruder Richtung Leuchtturm kreisen.
Das Boot sank in weniger als fünf Minuten.
Ich brauchte eine gute halbe Stunde bis zum Strand, Wind war aufgekommen. Du erwartetest mich, mit dem Hinterteil wackelnd. Wir kannten uns noch keine zwei Stunden. Endlich konnten wir spielen.

Januar

Hat man mich neulich abend von der Küste aus beobachten können? Mir auch egal. Ich habe einen harten Schlag erlitten: Meine Möwe ist tot.

Ich fand sie, wie sie vom Rand des Küchenschranks hing, baumelnd wie das Federvieh in den Metzgereien vor Feiertagen.

Bambi schaute sie traurig an. Dieser Hund ist genauso sensibel wie ich.

Ich nahm sie herunter und streichelte ihr Kleid. Sie war noch warm. Ich schäme mich ein wenig, es zuzugeben, aber ich habe geweint. Mir fiel die junge Amsel ein, die ich gerettet hatte, als ich beim alten Rouleau war. Ich hatte sie Geoffroy getauft, nicht nach mir, nach meinem Bruder, und ihr in einem Schuhkarton ein kleines Nest gemacht. Ich mochte ihren Schnabel so gern, er war an den Seiten leicht abgeflacht, es sah immer aus, als würde sie schmolllen oder unglücklich sein. Ich erzählte ihr alles, meiner Amsel Geoffroy. Eines Abends fand der alte Rouleau den Karton. Ich hatte vergessen, ihn im Schrank zu verstecken, was ich sonst immer tat, wenn er nach Hause kam. Geoffroy schien zu spüren, daß das eine brenzlige Situation war, denn er verkroch sich in eine Ecke, mit furchtsamen Augen, den Schnabel unter den Flügel gesteckt. Ich höre noch heute das panikartige Scharren seiner Krallen an der Pappe, und gleich danach das trockene Knacken seiner Knochen, als der alte Rouleau ihm das Genick brach. »Ein Vogel im Haus, das ist keine Hygiene, da kriegt man Tuberkulose von.« Er warf Geoffroy aus dem Fenster. Ich hörte, wie der kleine Körper zwei Stockwerke tiefer aufschlug, und danach die Stille. Der alte Rouleau ging sich seine Dreckspranken waschen und versprach mir eine Abreibung, wenn ich das noch mal tun würde. Am nächsten Morgen fand ich Geoffroy. Er war hart, kalt und starr, wie ein Busch. Ich verbrannte ihn, einerseits, weil ich die Vorstellung nicht ertrug, daß er bald von Würmern wimmeln würde, aber auch wegen der Finger, die mein Amselkind beschmutzt hatten.

Meine Möwe wollte ich nicht verbrennen, und ausstopfen wollte ich sie auch nicht, sondern Bambi geben. Auf diese Weise kommt sie ein bißchen zu ihren Freunden zurück, wenn mein Hund am Strand den Möwen nachläuft. Ich brühte und rupfte sie und bereitete sie zu wie für mich selbst. Der Anblick, wie Bambi sich die Lefzen leckte, hat meine Trauer ein wenig gemildert.

Das mit meiner Möwe war offenbar ein schlechtes Vorzeichen. Heute früh fand ich auf dem Strand mehrere tote Lachmöwen, Silbermöwen und sogar einen Kormoran. In der Zweigstelle wissen sie schon Bescheid. Die ganze Küste wimmelt davon. Vor zehn Jahren hat es das schon mal gegeben. Den Grund hat keiner je herausgefunden. Irgendwelche Forscher sprachen von einem kollektiven Selbstmord.

Ich ging mit der Schubkarre an den Strand. Die Sonne schien. Das Wasser rollte weitere Leichen auf den Sand. Bambi hat keinen einzigen Vogel angerührt, sie kaum mal beschnüffelt. Manche waren noch gar nicht ganz tot.

Nach einer halben Stunde hatte ich zwanzig Vögel in meiner Karre. Ich legte sie kreisförmig aus und mich in die Mitte, eine Wange auf dem Sand. Ich war tot, ich war glücklich.

Abend

Als Joël mit den Nachschubleuten kam, fand er, ich sähe gar nicht schlecht aus, vielleicht ein bißchen schmal. Wir waren am Strand.

»Ich freue mich, daß du angerufen hast und was Leckeres willst. Wenn einer Hunger hat, dann ist das ein Zeichen, daß die Lebensgeister wiederkehren. Den Champagner habe ich auch mit. Stimmt schon, Weihnachten hatte ich keinen gebracht. Weißt du, letztes Mal habe ich mir wirklich Sorgen gemacht. Daß ich am Neujahrstag nicht angerufen habe, war, weil ich dachte, du könntest glauben, ich ...«

»Schon in Ordnung, Joël.«

Wir sprachen über die Möwen. An der Küste sammelt die Feuerwehr den ganzen Tag lang Kadaver.

Er hatte Damien dabei. Ich sagte zu dem Jungen:

»Na, was hast du in der letzten Zeit Hübsches mit deinem Fernrohr angestellt?«

Er wurde rot.

»Ich ... ich kucke nicht mehr.«

»Glaube ich dir nicht.«

Ich spürte, daß er Angst hatte. Er wiegte sich von einem Fuß auf den anderen. Ich versuchte ein Lächeln, um ihm zu zeigen, daß ich ihm nicht böse war.

»Gestern haben Sie Möwen gesammelt. Und an den anderen Tagen habe ich Ihren Hund gesehen, der rennt immer über den Strand. Ganz schnell. Irgendwann kriegt er eine.«

Ich mochte die Worte des Kleinen, sie erinnerten mich

an meine eigenen.
»Ah, du magst Hunde? Dann bist du ein guter Junge.«
Joël fragte:
»Ja, genau, wo kommt dieser Hund eigentlich her?«
Ich sagte und tat genau das, was ich mir vorgenommen hatte, für den Fall, daß mich einer damit nervt.
»Von der Küste kann der nicht bis hierhergeschwommen sein. Vielleicht auf einem Floß. Ich hatte das auch mal, als ich auf dem Leuchtturm anfing. Eine Katze, die sie auf ein Floß gebunden hatten. Sicher Kinder.«
Damien spielte jetzt nicht mehr den Schüchternen.
»Papa ... neulich abend ist Monsieur Lefayen mit dem Boot gefahren.«
Joël antwortete für mich, als wollte er mich decken:
»Das ist mir auch schon passiert, daß ich im Mondschein herumgerudert bin. Dieser Scheißleuchtturm bringt einen auf die verrücktesten Sachen!«
Plötzlich war der Junge ganz aufgeregt. Er redete laut, mit gurgelnder Stimme, und er rollte seine Kulleraugen:
»Papa, er ist aber ganz schnell gerudert. Ich glaube, er hat ...«
Joël wollte seinem Sohn in den Hintern treten, traf aber nur Luft.
»Heh, du altes Klatschweib, kannst du nicht mal dein breites Maul halten?«

Als wir alle bei Tisch saßen, fragte ich Joël, ob er noch mal mit den Bullen zu tun gehabt hatte; er schaute erstaunt.
»Wieso? Denkst du, ich sitze mit denen jetzt in der

Kneipe oder was?«

Soll ich Lacassanne glauben, dem Freundchen? Er hat mir schon Sachen verschwiegen, und zwar keine Kleinigkeiten. Eins, zwei, drei, vier, zählte ich. Plus der Kleine. Drei Männer, ein Blinder, ein Kind. Zwei kräftige Burschen, ein Angeber, ein Kranker und ein Idiot. Ich mußte mir Mühe geben, nicht zu meinem Hackmesser zu sehen, das über dem Wasserhahn hing.

Wie zufällig sagte Joël:

»A propos, weißt du schon, daß die Küstenwache hinter ein paar spanischen Schmugglern her ist, die sich hier in der Gegend rumtreiben sollen?«

»Schmuggler?«

»Drogen.«

Einer von den Männern sabberte in seinen Schnurrbart:

»Hat scheinbar was mit den Aushilfsleuten zu tun, die vor dir hier waren.«

Ich sagte kein Wort, um zu zeigen, daß ich mich nicht angesprochen fühlte, und schaute in meinen Teller.

»Was hältst du davon?« fragte Joël.

»Was soll ich davon halten?« entgegnete ich, stand mit einem Ruck auf und stürzte zum Spülstein. Ich stützte mich auf die kalte Abtropffläche, als stünde ich an einem Pult und sollte eine Rede halten. Mein Blick fiel auf das Hackmesser, dessen Blatt über der Schneide tausend blitzende Scharten hat, vom Wetzstein. Ich füllte meine Lunge mit Luft, soviel nur hineinging, und ließ sie sehr langsam wieder ab.

»Alles in Ordnung, Geoffroy?« fragte Joë. »Du sagst ja gar nichts.«

Als wäre das was Neues. Joël kennt mich doch. Seine fast blinden Augen sind jetzt scheint's nicht mehr im Gesicht, sondern im Bauch, und sie sehen viel besser als vorher.
»Alles in Ordnung«, antwortete ich.
Dann bückte ich mich, holte noch einmal tief, tief Luft und ließ sie ebenso ab wie eben, dann machte ich den Schrank unter der Spüle auf und holte eine halbe Flasche Schnaps heraus.
Ich knallte sie auf den Tisch, so fest, daß sie fest zersprungen wäre.
»Das ist der Schnaps mit der Äffin«, sagte ich.
Und erzählte die Geschichte.

»Guter Stoff! Und was hast du mit dem Tier gemacht?«
Ich mußte ihnen Cheetah vorstellen. Sie machten alle große Kinderaugen, selbst Joël wahrscheinlich, hinter seiner Brille. Damien verkroch sich bei seinem Vater.
Wir warteten die Flut ab, erzählten dummes Zeug über Cheetah und zwitscherten gemütlich einen nach dem anderen.
Bevor er fuhr, verpaßte mir Joël, der von dem Stoff ein bißchen übermütig war, einen Hieb ins Kreuz.
»Na, das Schlimmste hast du hinter dir. Jetzt kommt bald der Frühling. Danach hast du dir einen echten Urlaub verdient. Ohne Scheiß, Geoffroy, ich glaube, so gut gelaunt wie heute habe ich dich noch nie gesehen.«
Es stimmt, ich habe aber auch allen Grund, gut gelaunt zu sein, nach der Trauer um meine Möwe und dem großen Vogelsterben: Lise will mich heiraten.

So muß das Glück sich anfühlen. Diese Ruhe, die einen ganz ausfüllt. So, als würde man sich in etwa wie alle anderen fühlen und sogar zu den Glücklichen gehören.
Sie dürfte in zwei Tagen hier sein.
Eine Frau, ein Hund. Freunde. Wer weiß, morgen vielleicht eine Familie.

Kalt

Ich spürte, daß Lise am Telefon nervös war. Diese fahrige Stimme und seltsamen Anweisungen.
Und wenn sie ihren Mann getötet hat, was soll's? Es wird doch kaum wen stören, wenn einer, der seiner Frau das Leben zur Hölle gemacht hat, von der Erdoberfläche verschwindet. Allerhöchstens zwanzig Leute; drei Viertel haben die Sache nach zwei Wochen vergessen und der Rest nach vieren.
Töten ist nicht so schrecklich. Sterben ist schrecklich, aber töten ...
Heute abend bereue ich, daß ich Joël, Damien und die Nachschubleute nicht getötet habe.
Lise ist schuld. Wegen Lise ist mein Hirn weich wie ein Stück Brot in Milch.
Ich muß versuchen, mich wieder in den Griff zu kriegen.

Den ganzen Vormittag über habe ich das Hochzeitszimmer vorbereitet (das Ingenieurszimmer).
Am Strand hatte ich Muscheln gesammelt, Tang, ein Dutzend tote Möwen und einige Seesterne. An die Wände des Zimmers hängte ich Fischernetze, in Falten gerafft, wie man es manchmal in Restaurants sieht. Das hat mir immer so gefallen. Dann brachte ich an jeder Wand drei Vögel an, mit Nägeln entweder durch den Hals oder die Flügelspitzen, und bestreute den restlichen Raum phantasievoll mit Muscheln, Tang und Seesternen. Als Tüpfelchen auf dem i verteilte ich hier und da ein paar Glasaugen, und ich muß sagen, auf diese Idee bin ich stolz, es macht sich fabelhaft. Falls es Lise stört, räume ich sie natürlich wieder weg. Auch wegen des Geruchs mache ich mir Sorgen. Wenn Seesterne trocknen, stinkt es nach Eingeweiden. Mir ist das egal. Aber einer Frau ...
Mir blieb noch Zeit zum Basteln. Also nahm ich den Erpel und hängte ihn über unser Bett. Er ist mein Hochzeitsgeschenk. Ich hoffe, es gefällt ihr.
Auch Kathleen und Steven ist meine fröhliche Schaffenskraft zugute gekommen. Ich habe ihnen aus Jutesäcken hübsche Anzüge geschneidert und ihre Hälse, ihre Hand- und Fußgelenke mit Ketten aus Muscheln und Federn geschmückt.
Ich habe Bammel. Morgen ist der große Tag. In weniger als einer Stunde liegst du in meinen Armen. Ich weiß nicht, was ich dann sagen soll.

Ich fingere an den Ringen herum, die ich aus Draht geflochten habe, ich stecke sie in den Mund, spucke sie wieder aus.
Der Kühlschrank ist zum Bersten gefüllt, Joël war wirklich nett. Wir werden uns die Bäuche vollschlagen. Und danach hoffentlich tanzen.

Morgen, rosiger Himmel, leichter Wind

Zur Stunde, da ich dieses schreibe, schläft meine Frau. Manchmal unterbreche ich die Arbeit an meinem Tagebuch, um sie anzusehen, sie ist so schön! Das Kaminfeuer läßt ihr Haar orange funkeln.
Gegen Ende war Lise ein bißchen müde. Aber insgesamt war sie wunderbar.

Ich glaube, gestern kam sie, stehend, sie ritt ihr Schlauchboot, als wäre sie ein Meeresgeschöpf, Angehörige einer höheren Rasse, eine Art Amazonengöttin. Es war dunkel, aber ich sah sie trotzdem, vielleicht dank ihrer flammenden Mähne und der grellorangen Kleidung.
Das Schlauchboot gelangte bis zum Strand und legte an. Ich half Lise, die Tauchsachen auszuladen, und wie am Telefon besprochen, versenkte ich das Schlauchboot.
Ja, ich versenkte das Schlauchboot.
Daß Bambi ein bißchen eifersüchtig war, als ich Lise umarmte, habe ich schon gespürt. Aber er wird sich daran gewöhnen.

Lise hat nicht auf meine Erlaubnis gewartet, um sich zu betrinken. Der Schnaps der Äffin hat seine Wirkung getan.
Langsam kenne ich sie ein bißchen. Wenn sie getrunken hat, wird sie vulgär und verlangt sehr schnell, daß ich sie befriedige. Das habe ich dann auch getan, in

der Küche, am Spülstein, mein Hackmesser vor Augen.
Vor allem liebe ich, wie sie die Beine spreizt. Wie eine Verrenkungskünstlerin im chinesischen Zirkus. Wenn ich mich während der Arbeit aufrichte, sehe ich, wie sich ihre Behaarung in der Leiste kräuselt. Die Wirkung läßt nicht auf sich warten, der Anblick bringt mich jedesmal dazu, daß ich komme, und weil Lise jedesmal »Scheiße« sagt, muß ich immer wieder neu anfangen.
Ich stellte unsere Gäste wahrhaftig unschuldig und mit verhaltener Begeisterung vor, wie wenn eine Katze seinem Frauchen eine blutige Maus zu Füßen legt. Der Schnaps hat Lise offenbar geholfen, mit Kathleen und Steven Bekanntschaft zu schließen, sie wirkte nicht erstaunt, sondern sagte nur schlicht: »Guten Tag.« Nun, ihr Mund war ausdruckslos, und die Augen Löcher voll milchigem Achat. Wichtig ist nur, daß sie nicht weggerannt ist.
Und ganz sicher war es der Schnaps, der dafür sorgte, daß sie beim Betreten des Hochzeitszimmers »Hinreißend!« sagte, ohne mit der Wimper zu zucken, trotz des Geruchs.
Gegen Mitternacht bekam ich ein Kopfweh, als würde mir jemand einen Schädelbohrer in die Ohren schieben. Dann war es mit einem Schlag wieder weg, und ich konnte mit Bambi zur Laterne hinaufgehen; ich hatte Lust, die große weite Welt zu sehen und Dank zu sagen für das große Glück, das mir widerfährt. Aber ein paar Möwen lagen hier und starben, ganz still, wie kraftlose

Greise, die ein Sadist aus ihren Sesseln gekippt hat. Ich kehrte um, bevor mich eine Trauer packen konnte, die an diesem Freudentag ganz fehl am Platz gewesen wäre.

Ich schlief wie ein Toter.
Lise weckte mich, sie war schon betrunken.
Voller Panik, mit durchgedrehten Augen und einer rauhen Stimme, die derb klingen sollte, sagte sie:
»Der Leuchtturm!«
»Wie, der Leuchtturm?«
»Weißt du nicht, wie spät es ist?«
Es war gut neun Uhr.
»Scheiße, verdammte!«
Ich sprang auf, aber Lise lachte mit gebleckten Zähnen los, daß das Zahnfleisch funkelte. Dann nahm sie mich beim Arm. »Reg dich nicht auf. Ich habe die Lampe ausgeschaltet.«
Ich atmete auf. Da hat sie mich ganz schön drangekriegt. Ich lachte auch, es ist lange her, daß ich gelacht habe. Ich weiß nicht einmal, ob ich jemals gelacht habe. Trotzdem hörte ich jäh auf zu lachen, als wäre der Himmel mit einem Mal schwarz von Jagdbombern. Lise war zwar meine Verlobte, aber sie hatte mir einen bösen Streich gespielt. Ich sah sie an, mit so weit aufgerissenen Augen, daß es mir weh tat, und schlug mit der Faust auf das Gestell unseres bootsförmigen Bettes. In mir sagte eine Stimme: »Deine Skalpelle sind in der Werkzeugkiste am Fußende.« Ich schloß die Augen genauso heftig, wie ich sie eben aufgerissen hatte, dann stürzte ich zu meiner Kiste und nahm eine Säge für

Balsa-Holz, deren Blatt so fein ist wie ein Draht zum Butterschneiden.
Diesmal blickten meine Augen nicht schmerzerfüllt, sondern sehr tief in Lises.
Sie kam auf mich zu, ohne sichtbare Angst, ein Träger ihres Nachthemds war auf ihren Arm gerutscht. Eine Brust kam hervor und begann wegen Lises Hüftschwung weich zu baumeln. Sie nahm mir die Säge aus der Hand, legte sie in aller Ruhe auf den kleinen Tisch, drückte mich auf das Lehnsesselchen, verzog den Mund und leckte mir das Gesicht: »Ich bin deine kleine, läufige Bambi-Hure.« Als sie sich umdrehte, mir ihren Hintern darbot und ihn bewegte wie in der Peep-Show, hatte ich alles vergessen und tat, was ich zu tun hatte.

Lise zog dasselbe an wie gestern. Dies besondere Orange für eine besondere Hochzeit gefiel mir gut. Ich selber zog ein sauberes Hemd an und spritzte mir zur Feier des Tages etwas Lavendelwasser auf die Brust.
Wir zogen zu den Klängen von *Jesu meine Freude* in die Kapelle ein, der nicht mehr taufrische Plattenspieler, der immer für die Touristen benutzt wird, schabte und kratzte. Alle waren sie da: Kathleen und Steven, unsere Trauzeugen, mein kleiner Meeraal an der Wand, Cheetah, sie hatte den Part des Priesters übernommen, mein ausgestopfter Krebs und die anderen aus dem Zuchtbecken – ich hatte sie am Vorabend in der Kapelle ausgesetzt –, mein einäugiger Teddybär, außerdem natürlich Bambi, und sogar die Sonne schien durch die Scheiben.

Während der gesamten Messe, bis auf einmal, als der Priester uns die Ringe reichte, hielt Lise unablässig den Erpel in der linken Hand und meinen Schwanz in der rechten; der wurde härter oder weicher, je nachdem, wie sie ihn gerade streichelte. Allein schon dieser Einfall ist eine köstliche Erinnerung, um so mehr, als ich, da sie mich immer stärker bearbeitete, meine Frau vor dem Ochsenauge vögelte, angesichts aller Gäste, all dieser braven, wohlerzogenen Gäste, die so taten, als ob nichts wäre.
Jetzt hätte nur noch ein Regen von Reiskörnern auf unsere gebenedeiten Häupter und hingerissen lächelnden Münder gefehlt. Ich war glücklich heute morgen und bin es heute abend immer noch. Diese Heirat hat einen vollständigen Mann aus mir gemacht. Es war Zeit.

Dennoch, einen Wermutstropfen gab es: Hinter der Tür drängten sich ein paar Spielverderber. Monsieur Rouleau, mein Vater, die beiden Rogers, um nur diese zu nennen. Wenn sie wenigstens den Rand gehalten hätten! Aber sie tratschten verstohlen und ließen halblautes, unangebrachtes Gekicher hören. Einer von ihnen hat sogar schallend gelacht, völlig ungeniert. Sonst flüsterten sie die ganze Zeit meinen Vornamen, »Geoffroy Geoffroy Geoffroy«. Die Os und OYs flossen ineinander, die Gs und Fs, daß es mich halb verrückt machte. Die Stimmen drangen zu mir, als würde ein kranker Hauch sie an mein Ohr tragen. Ich drehte mich um, sah sie, sie mit ihren dreckigen Zähnen, sie mit ihren geschwollenen Augen, sie mit diesem Lächeln, das ihre

Münder zerriß, als würden sie sich lustig machen. Wütend stand ich vom Gebetsbänkchen auf und wollte für Ordnung sorgen; unterwegs riß ich ein paar Stühle um, aber dann hatten sich die Feiglinge davongemacht. Und weil ich mit den Fäusten auf die Wände eintrommelte und schrie: »Ihr Arschlöcher, ich bring euch alle um!«, nahm Lise, meine schöne Lise, deren Atem nach weihnachtlichen Likörpralinen duftete, meinen Kopf in ihre Hände, setzte mir kleine Küsse auf die Stirn und sagte dann, als sie im nächsten Moment meinen Schwanz knetete: »Es ist ja schon vorbei, es ist vorbei. Komm jetzt, komm ficken.«

»Warum haben Sie gelogen, Monsieur Lefayen?«
Jacques kam am späten Vormittag mit der Flut, begleitet von einem uniformierten Bullen. Die knappe Stunde, nachdem Lise und ich das Schnellboot bemerkt hatten und bis die beiden beim Leuchtturm eintrafen, hatte gerade so genügt, um Kathleen und Steven unters Salz zu stopfen, mein Werkzeug und die Balsamierungsmittel über den Rand des Sockels zu werfen, das Ingenieurszimmer husch husch notdürftig aufzuräumen, Bambi zu knebeln und einzusperrren und vor allem Lise so weit auszurüsten, daß sie sich in einer der Regenwasserzisternen verstecken konnte.
Ich antwortete nicht sofort. Seine Hände faszinierten mich. Arzthände mit Büscheln weißer Härchen auf dem Rücken und langen Nägeln mit vollkommenen Monden.
Auch sein Gesicht ist schön. Seine Augen blicken sanft und zugleich wichtig, sehr hell unter buschigen, spitzen Brauen. Sein Haar ist graumeliert, üppig, nach hinten gekämmt. Er sieht furchtbar intelligent aus.
Er sah mich mit einer Art Sympathie an, ganz wie ein Schullehrer seinen besten Schüler anblickt, der ihn, einmal ist keinmal, enttäuscht hat.
»Ich wollte eben keinen Ärger.«
Ich war zwei Köpfe größer als er und mindestens zwei Schultern breiter. Was den Polypen mit seinem lächerlichen Verkehrspolizistenmützchen anging, so hätte ich nur zu husten brauchen, schon hätte er als Fossil an der

Wand geklebt. Aber ich blieb sitzen, mit zusammengepreßten Knien, unfähig, auch nur den kleinen Finger zu heben.
Jacques hatte kürzlich erfahren, daß Steven an dem Tag, als er mit Kathleen auf Cordouan zu Besuch war, mit seinem Mobiltelefon einen Fotografen aus der Gegend angerufen hatte. Der Fotograf war absolut sicher, daß Steven gesagt hatte, er und seine zukünftige Frau seien hier an Ort und Stelle. Dieser zwanghafte Engländer hatte ein halbes Jahr im voraus die Tarife für die Fotos von der Hochzeit wissen wollen, die sie beide zusammen mit ihren Gästen hier feiern wollten.
Jacques ging langsam. Ich spürte, daß er noch mehr Munition auf Lager hatte.
»Lise Tricoul ist seit vier Tagen von der Bildfläche verschwunden.«
»Stimmt, ich habe wen anders am Funkgerät.«
Jacques blickte auf seine Fingernägel.
»Sie hat zu Hause Feuer gelegt. Prima Grillpartie. Man hat die Leichen ihres Mannes und ihrer Tochter gefunden. Die Tochter konnte anhand eines Schmuckstücks identifiziert werden, für den Vater mußte man erst den Zahnarzt bemühen ... Sie waren wahrscheinlich gefesselt.«
»Woher weiß man, daß es Lise war?«
»Habe ich das gesagt, Monsieur Lefayen? Man weiß gar nichts. Es drängt sich nur die Frage auf, warum sie seit ausgerechnet dem Tag ausgeflogen ist.«
Diese Nachricht stimmte mich eher fröhlich als bestürzt: Sie bedeutete, daß sie mich nicht auf dem Kieker

hatten. Und es bedeutete, daß sie den Leuchtturm höchstens noch mit einem Spielzeugfernglas beobachteten, denn sonst wären sie schon gekommen, um Lise einzusammeln. Es sei denn, das Ganze ist eine Strategie, die ich nicht durchschaue.

Jacques drohte mir sanft:

»Monsieur Lefayen, es wirkt ganz so, als würden Sie Lise decken.«

Offenbar war ich zu schnell angesprungen, als er sagte, daß sie ihr Haus angezündet hat.

Und so zog ich mich aus der Affäre:

»Ich habe eben eine kleine Schwäche für die Ingenieurin. Sie verstehen, das war in drei Monaten die einzige Frau, die ich zu sehen bekommen habe. Es wäre häßlich, wenn sie mit der Sache zu tun hätte.«

Jacques schnappte sich einen Stuhl und rückte ihn zu mir heran. Er sah meine Hände an, die noch die Spuren meines Anfalls neulich an der Laterne trugen, dazu ein paar jüngere Schrammen. Ich erstarrte, denn ich spürte, daß er jetzt dieselbe Taktik anwenden würde wie neulich am Telefon, und der konnte ich nicht lange widerstehen. Er schickte das Käppi spazierengehen.

»Ich habe gehört, vor kurzem waren Sie nicht besonders gut beieinander?«

»Jetzt geht es mir besser.«

Die Reste des Veilchens zogen keine Fragen nach sich. Jacques interessierte sich für anderes, Tiefergehendes.

»Ich muß mich entschuldigen, daß ich Sie mit diesen Fragen belästige. Wie läuft es sonst so mit den Frauen, so ganz allgemein?«

Dieser Kerl hat etwas von einem Zauberer. Ich hätte »Ganz gut« sagen müssen, aber nein, ich antwortete:
»Nichts läuft.«
»Seit wann?«
»Seit immer.«
»Nie?«
Ich schlug den Blick nieder.
»Nur mit Berufsmäßigen.«
Kein Zweifel, Jacques mochte mich gern. Oder ich war ihm scheißegal.
»Und Lise Tricoul, ist mit der was gelaufen?«
Ich weiß nicht, woher ich die Kraft hatte, mich aus seiner Umklammerung zu befreien:
»Sie hat mich angemacht, mehr nicht.«
Das schien Jacques nicht zu gefallen. Er fragte weiter nach Lise, und auch nach den Engländern. Und dann ließ er mich alles wiederholen. Ich verhedderte mich ein bißchen, aber ich glaube, er hat sich die Zähne ausgebissen an mir.

Kurz danach kam das Käppi wieder und sagte: »Das hier habe ich gefunden.« »Das hier« waren Cheetah und Bambi. Cheetah trug noch den Priester-Umhang, den ich ihr für die Heirat umgelegt hatte. Hier, im Freien, unter der Sonne, wirkte diese Verkleidung auf mich lächerlich.
Der Bulle ließ Bambi los, der sich auf mich stürzte und die Luft mit seinem Fuchsschwanz peitschte. Ich nahm meinem Hund die Fesseln ab.
»In der Kapelle und im Treppenhaus sind Krebse.«

Jacques sah mich intensiv an, aber diesmal mit dem Blick eines Erziehers, der bei einem schwererziehbaren Kind nicht mehr weiterweiß.
»Sie sind seit Anfang Oktober hier, nicht wahr?«
Wirklich, ich erinnere mich absolut nicht mehr, wie lange ich schon auf diesem Scheißleuchtturm sitze. Aber ich sagte trotzdem:
»Ja, genau.«
Jacques streichelte Bambi.
»Wenn wir ihn nicht gefunden hätten, hätten wir Sie verdächtigt, daß Sie ihn umgebracht haben. So ein hübsches, gesundes Tier, das so gern am Strand den Möwen nachrennt. Warum wollen Sie uns seine Gesellschaft vorenthalten bei unserem kleinen Besuch?«
Stimmt, es war idiotisch, ihn zu verstecken. War nur die Panik vorhin.
Das Käppi fuhr mit seinem Bericht fort:
»Einer der Keller ist abgesperrt.«
Mit angewidertem Gesicht hielt Jacques Cheetah am Arm.
»Erzählen Sie mir nicht, Sie haben einen Affen ausgestopft.«
Ich erzählte ihm die Geschichte mit dem Faß. Jacques nahm den Umhang mit spitzen Fingern hoch.
»Und das hier?«
»Nur so zum Spaß.«
Das Käppi wühlte aus seiner Tasche ein paar Nylonstrümpfe.
»Die habe ich im Kaminzimmer gefunden« – er meinte das Ingenieurszimmer –, »da drin stinkt es wie auf einer

Müllhalde.«
»Dann wollen wir uns das mal ansehen«, sagte Jacques und setzte Cheetah in eine Taurolle.

Es waren nur noch die Netze an den Wänden übrig, außerdem hier und da weiße Federn und ein paar Blutspuren. Es roch nach Erbrochenem.
Jacques fummelte mit den Nylonstrümpfen herum.
»Hier liegt irgendwo eine tote Ratte drunter, Geoffroy.«
Geoffroy ... Er hatte mich bei meinem Vornamen genannt. Wie gut er klingt aus seinem Mund!
»Ich habe vor zwei Tagen einen Fisch angefangen, aber hatte nicht genug Borax genommen, und er war nicht ganz durchgetrocknet. Gerade vorhin habe ich ihn weggeworfen. Ich kann ja mal lüften.«
Jacques antwortete nicht. Er ging zu meiner Werkzeugkiste, hockte sich hin, durchsuchte sie mit Blicken, stand dann wieder auf, alles schweigend. Er wickelte sich nervös Lises Strümpfe um die Hand.
»Die hat sie wahrscheinlich letztes Mal hier vergessen?«
»Ja.«
»Ich nehme Ihnen das Wort aus dem Munde, was, Monsieur Lefayen?«

Wir gingen hinaus. Jacques hatte Lises Erpel in den Händen.
»Ihr jüngstes Werk?«
»Ja.«

»Hübsch.«
Ich neigte den Kopf, um mich zu bedanken.
Jacques war sichtlich stärker angespannt als eben noch. Er bat mich, ihn in die Kapelle zu begleiten. Zu den Krebsen sagte er nichts. Nur der Meeraal weckte seine Aufmerksamkeit.
»Also wirklich, Geoffroy, Sie haben goldene Hände.«
Ich wurde rot.
»Ich finde, Sie haben recht, hier in der Kapelle wirkt er ganz besonders gut.«
Bambi war uns gefolgt. Jacques, der das Glasfenster mit dem heiligen Petrus ansah, dann das mit der heiligen Anne, sagte, ohne den Kopf zu wenden:
»Erklären Sie mir, wie dieser Hund auf Cordouan gelandet ist.«
Ich erzählte ihm Joëls Geschichte, die mit der Katze auf dem Floß, dem Kinderstreich. Jacques muckste nicht. Er wußte offenbar nichts von den Schmugglern, oder er hob sich das für später auf. Dann holte er ein Mobiltelefon heraus, machte einen Anruf und bat zu prüfen, ob in Lises Umgebung irgendwo ein Irish Setter herumlief, der auf den Namen ...
»Wie heißt er, Monsieur Lefayen?«
»Bambi.«
Jacques rief Bambi. Bambi wandte ihm den Kopf zu.
»... auf den Namen Bambi hört. Vielleicht auch Pluto oder so.«
Kurios, wie stark sich ein Mann fühlt, nur weil er ein Telefon am Ohr hat, einen Beamten an der Hand, das Strafgesetzbuch in der Tasche und in seinem Ärmel das

Innenministerium und notfalls sogar sämtliche Korps der Armee. Dabei verdankt er sein Leben einzig und allein seiner Guten-Hunde-Art und seinen lieben Papa-Augen. Und meinem fürchterlichen Kopfweh, das mich bei diesem quälenden Gespräch die ganze Zeit sehr störte; ich gab mir Mühe, möglichst knapp zu antworten, um mich nicht zu verhaspeln.
Aber mir war auch klar, wenn ich Jacques tötete und sein Würstchen dazu, dann wären meine Tage mit Lise noch schneller gezählt.

Jacques ging und ging nicht wieder. Auf einmal, wie konnte ich das vergessen, trat mir das Bild vor Augen, wie Lise in der Regenzisterne schwimmt, vom Mundstück entstellt. Weil ich befürchtete, daß sie jetzt schon bei der zweiten Flasche war (in Wirklichkeit hat sie, als das Käppi vorbei war, unter die *Poussée d'Archimède* schlüpfen und sich in eine Decke wickeln können), sah ich alle paar Minuten auf die Uhr.
»Erwarten Sie jemanden, Geoffroy?«
»Müßte nur mal bei der Zweigstelle anrufen.«
»Wir wollen Sie nicht bei der Arbeit stören.«
Ich atmete auf.
Aber erst wollte Jacques noch das Journal einsehen. Er überflog es diagonal.
»Seit dem 6. haben Sie das Datum nicht mehr eingetragen?«
»Ja, ich muß nacharbeiten.«
»Und ihre Schrift ist so zögerlich geworden.«
»Wegen meiner Hand. Ich habe mich verletzt, als ich

den Kessel repariert habe.«
Er verweilte noch ein paar Minuten mit den Blicken im Journal, bevor er es wortlos zuschlug.
Dann wollte er in den Keller hinunter. Zum Glück roch es schon lange nicht mehr so übel. Ich machte auf und kam seinen Fragen zuvor.
»Das ist Ammoniaksalz. Letzten Winter waren hier Bauarbeiten. Die Leute haben es hiergelassen, ich habe nichts angefaßt.«
Die Zement- und Kalksäcke, die Schaufeln und die Schubkarre sorgten dafür, daß mein Unsinn glaubwürdig klang.
»Ich hätte geschworen, Sie benutzen es als Trockenmittel für Ihre Fische, die Sie ausstopfen wollen.«
Jacques ritt nicht weiter darauf herum. Er nahm etwas Salz zwischen die Finger, schnupperte daran, kostete, spuckte aus. Auf einen Wink von ihm füllte das Käppi ein Feuerzeugetui mit Salz und steckte es sich in die Tasche.
Ich dachte, jetzt lassen sie mich endlich in Frieden, außerdem hatte ich die Flut auf meiner Seite, aber Jacques wollte unbedingt noch zur Laterne hoch. Oben angelangt, griff er mit seinen schönen Arzthänden um das Geländer und schaute nach Royan hinüber.
»Tolle Aussicht.«
Vor allem, weil die Sicht klar war.
Er zog ein Buch aus der Innentasche seines Mantels.
»Lesen Sie, Geoffroy?«
»Früher, ja, ein bißchen.«
»Und was haben Sie früher so gelesen?«

»Abenteuerbücher. Und Zola und Victor Hugo.«
»Kennen Sie Scott Fitzgerald?«
»Nein.«
Jacques wandte sich dem Bullen zu, der uns mit demselben Eifer gefolgt war wie Bambi.
»Und Sie, Baptiste, sagt Ihnen das etwas?«
»Nein, M'sieur.«
»Das Leben ist doch seltsam«, sagte Jacques. »Letzte Woche habe ich dieses Buch blind in der Bibliothek von Le Verdon aus dem Regal gezogen. Eine Biographie von Scott Fitzgerald. Heute im Schiff bei der Fahrt hierher habe ich eine Passage gelesen, die mir sehr gefallen hat. Ich lese sie Ihnen vor, Geoffroy.«
Mit gerunzelten Brauen blätterte Jacques das Buch von hinten her durch.
»Hier: *Sogar die Kriminellen sind nicht verloren. Sie bilden, wenn man das so sagen will, ›die treue Opposition zu Ihrer Majestät dem Gesetz‹. Die Irren hingegen sind auf Erden immer nur vorübergehend zu Gast, auf ewig Fremde, die in ihrem Gepäck Fragmente eines Dekalogs tragen, den sie nicht zu entziffern vermögen.*«
Er klappte das Buch zu. Und schaute mich an.
Ich reagierte nicht. Ich bekam nur auf einmal große Lust zu pissen.
Jacques umfing den Horizont noch einmal mit dem Blick, aber diesmal Richtung Le Verdon.
»Wie viele Leben sind dank Ihnen gerettet worden, Geoffroy?«
»Ich weiß nicht. Woher soll man das wissen?«
»Hunderte, Tausende?«

»Sicher, wenn der Leuchtturm nicht da wäre, dann würde es jede Menge Schiffsbrüche und Zusammenstöße geben.«

»Und vor allem, wenn nicht Männer wie Sie für ihn sorgen würden.«

»Ja, schon ...«

»Gut so, Geoffroy, gut. Ich kenne keinen Richter, der das nicht anrechnen würde.«

Wieviel Zeit wird Jacques uns lassen? Lise und ich haben noch so viel vor.
Seit seiner Abfahrt haben wir keine Minute vergeudet. Erst brachte ich Lise wieder bei, die Wolken zu lesen, sie hatte es verlernt. Heute zum Beispiel kündigt der weißlich-faserige Schleier der Zirrostrati schlechtes Wetter an. Wären die Fransen länger, dann bräuchte man sich weniger Sorgen zu machen.
Lise nüchtern ist eine andere Lise. Auf einmal erfüllt der Himmel sie mit Leidenschaft. Vor allem die Wolkennamen findet sie so hübsch. Altostratus, Kumulonimbus, bis vorhin mußte ich sie ihr mindestens zwanzigmal vorsagen.
Natürlich haben wir miteinander geschlafen, aber anders als sonst. Weicher, tänzerischer. Lise klimperte langsam mit den Augen dabei, wie eine etwas kaputtgegangene Puppe, die man auf den Rücken legt. Statt sich an mich zu krallen und mir weh zu tun, flog sie in der Liebe, sie schwamm, sie war wogend und schön.
Und dann habe ich meinen Jungferntauchgang gemacht, in vier Meter Tiefe, in einem natürlichen Becken der Felsen. Lise hielt mich bei der Hand. Mit dem ganzen Zeug beschwert, brauchte ich mir nur die Nase zuzuhalten und die Ohren freizupusten. Dann schwebten wir in Zeitlupe fünf, sechs Minuten lang im Wasser, es kam mir vor wie Stunden. Es war gut. Und danach die Sonne auf unseren belebten Körpern.
Für mich hatte Lise nur Lob. Offenbar fühle ich mich

im Wasser wohl, der reinste Fisch. Ja, ein Fisch. Genau das wäre ich gern. Vor allem, weil es tief unten in diesem fabelhaften Becken unglaubliche Fische gab, Schwärme von Sardinen tanzten in den Seeanemonen wie Glöckchen, Papageienfische weideten die Korallen ab, Herden von Schmetterlingsfischen. Aber wir sahen auch die häßliche Muräne und den Schatten des riesigen Napoleonfischs, gewaltig wie ein Großstadt-Omnibus. Und tausend andere Viecher, wegen denen wir wieder hinaufmußten, weil mein Kopf anfing zu wummern.
An das, was seit unserem Tauchgang war, erinnere ich mich nicht besonders. Wahrscheinlich habe ich geschlafen. Und mich im Schlaf verletzt, denn als ich aufwachte, waren meine Unterarme verbunden und taten weh.
Lise schläft. Wie recht sie vorhin hatte! Ich wollte Kathleen und Steven ausrüsten, damit sie morgen mit uns tauchen können, aber das ist Blödsinn. Man muß ja schwimmen können, wenn man tauchen will, und so, wie Kathleen und Steven aussehen, können sie das nicht. Ihnen wird es da oben besser gehen, am Geländer hängend, so wie die beiden spanischen Schmuggler neulich. Um sie mache ich mir keine Sorgen: Ich bin sicher, der Wind wird sich ihrer annehmen.
Ich gehe jetzt zu Lise und sehe ihr beim Schlafen zu. Allerdings nur mit einem Auge. Das linke habe ich mir gerade rausgeschnitten. Warum? Weil man nur eins braucht. Das andere schenke ich Joël und all denen, die nachts nicht gut sehen.

Mit einem Skalpell habe ich das gemacht. Seltsames Geräusch. *Flotsch* oder so ähnlich. Es hat mir nicht weh getan, ich habe nichts gespürt, das schwöre ich.
Ich könnte sogar sterben, es würde mir nicht weh tun.

Irgendwann

Meine Lage ist nicht gemütlich, aber immer noch besser, als hinter Gittern zu enden. Ich lehne am Fuß des Leuchtturms und stinke gewaltig nach Diesel, bis unter die Nägel meiner linken Hand und unter die Kopfhaut (ich habe diese Stellen eingeschnitten, um mich mit Petroleum zu füllen). Alles in zehn Meter Umkreis riecht auch danach, der Prahm, meine Angelruten, die Planen der Laterne, die ich heruntergeholt habe, die Leinen des Senknetzes, das Senknetz selbst, die Seile, meine Anglerstiefel, und schließlich auch mein Teddybär, der liebe dicke einäugige Teddybär, die einzige Erinnerung an meinen Vater (mein Vater hatte ihn für meinen Bruder gekauft, aber weggegangen – Platz vergangen).
Lise schläft für immer, den Kopf an meine Schulter gelehnt. Aber das finde ich nicht schlimm, denn das Feuer wird sie wieder erwecken. Und Bambi ... »Bambi, Bambi, guter Hund, guter Hund.« Da ist er und winselt. Heute früh wollte ich ihm die Pfoten mit meinem Handbeil abschneiden, damit er ein Fisch wird wie ich, aber im letzten Augenblick wurde mir klar, daß Bambi kein Fisch ist. Bambi ist ein Cockerspaniel-Mischling, dem sie den Schwanz zu kupieren vergessen haben. Das habe ich nachgeholt.
Auf meinem rechten Knie klebt mein Tagebuch. Ich schreibe sehr gut, seit ich nur noch ein Auge habe. Ich glaube, ich komme dem Wesentlichen näher. Mein Tagebuch ist vielleicht das einzige, was vom Leuchtturm bleibt, denn ich werde es in eine feuerfeste Metall-

schachtel schließen. Eine Keksdose, schwarz angestrichen, wie die Black box im Flugzeug. Ich möchte, daß die Leute meine Geschichte erfahren. Nicht, daß sie besser wäre als die eines anderen Leuchtturmwärters, aber möglicherweise interessiert sie ein paar Künstler. Zum Beispiel Präparatoren, oder Liebhaber der ägyptischen Kunst (ich muß zugeben, wenn ich nicht beschlossen hätte, Cordouan zu verbrennen, wäre ich geschmeichelt gewesen, Kathleens und Stevens Mumien in einem Museum zu sehen, neben meinem Meeraal, meinem Erpel und meinem Krebs).
Ich denke an den lieben Jacques. Was wäre ich ohne ihn? Ich verdanke ihm alles. Er hat mich geheilt mit seinen Arzthänden. Und ich habe noch überlegt, ob ich ihn töte, also wirklich!
Mit Lise ging es genau, wie ich es jetzt erzählen werde, das schwöre ich: Sie hat es ganz allein getan. Heute früh waren wir in zwanzig oder dreißig Metern Tiefe, »im Blauen«. Sie riß sich das Mundstück heraus, als wäre das vollkommen alltäglich. Dann fing sie an zu schwimmen wie ein Seepferdchen oder wie ein Löwe, und wahrscheinlich ist sie dabei gestorben, denn als wir oben waren, erinnerten ihre Arme mich an die Flügel von Geoffroy, meiner kleinen Amsel. Wenn ich noch mal nachdenke, kommen mir zwanzig Meter ziemlich wenig vor. Sogar dreißig. Ich glaube eher, wir waren tiefer als hundert Meter. Das Becken ist seit gestern erheblich tiefer geworden, die reinste Fallgrube. Wir waren mindestens fünfhundert Meter tief, bei den Tiefseefischen mit ihren großen Leuchtaugen. Genau. Und Lise

ist zu schnell aufgestiegen, die Unvorsichtige, ohne die Dekompressionspausen einzuhalten. Wenn ich verbrannt bin, wenn meine Fingernägel und meine Kopfhaut Asche sind, baue ich ihr eine Druckkammer. Da drin muß sie eine Woche lang bleiben, essen und schlafen, da kann sie es vielleicht mit zwei, drei Asseln treiben, und danach kann sie wieder durchs Gras springen. Ich bin ihr das schuldig, meiner Lise, der einzigen Frau, die ich geliebt habe, die ich liebe und immer lieben werde.
Sie war es auch, indirekt, die mich auf die Idee gebracht hat, Cordouan anzuzünden. Als Jacques mir erzählte, daß Lise zu Hause alles abgefackelt hat, rief das Erinnerungen in meinem Kopf wach: Bevor die Bullen sie schnappten, hatten die beiden Rogers versucht, ihren Kahn anzuzünden. Aber jetzt, wo ich das schreibe, bin ich mir nicht mehr so sicher. Vielleicht war ich es selber, der die *Geneviève* abfackeln wollte. Jedenfalls verfolgt mich das Feuer, irgendwann holt es mich ein. So werde ich mich also in den Flammen meines schönen Cordouan reinigen, denn das Feuer riecht sauber, sogar nach dem sauberen Wasser der Waschhäuser in den Bergen. Ich werde am Leuchtfeuer oben in der Laterne Feuer legen, dann explodiert es wie eine Atombombe und putzt hier alles weg, die Männer an der Küste und die Gesundheit meiner Mutter, dann schenkt es all den Möwen, die jetzt an einer unbekannten Krankheit leiden, das Leben zurück. Der Rauch wird wie ein langer Finger gen Himmel steigen, ruhig und gerade wie eine Kobra, und wenn der Leuchtturm zu einem Altokumu-

lus geworden ist, einer jener Wolken, die eine Wetterbesserung anzeigen, dann werde ich darin endlich das Gesicht meines Vaters, des Zyklopen, sehen.
Davor aber gibt es ein junges Feuer, ein lebendiges Freudenfeuer, das kein Feuerwehrschlauch zur Ruhe bringen kann, und sollte das Meer selber aufstehen, um es zu löschen, es würde immer wieder aufflammen. Egal, wenn die Boote aneinanderschlagen und die Öltanker stranden wie die Wale. Cordouan wird den Flammen des Königs Geoffroy nicht widerstehen, des einäugigen Königs, in dem eine Liebe für die ganze Welt brennt, des einäugigen Königs, der eine Frau hatte, zwei Freunde und einen Hund.
Ich höre ein Megafon. Jacques' warme Stimme. Und jetzt Joël. »Mach keine Scheiße!« Sagt er das wirklich? Ha! Was für eine Idee! Als hätte ich dazu Lust! Ich hänge viel zu sehr am Leben. Und ich habe viel zuviel Angst, für den Rest meiner Tage in eine Zelle geworfen zu werden. Keine Sorge, Joël. Ich reiße nur ein kleines Streichholz an. Unten hämmern sie an die Ausfalltür im Sockel. Joël und der Arzt von neulich. Hört auf! Mein Kopf wirft sich sonst an die Wand! Was ist das für ein Hubschrauber, der über dem Leuchtturm brummt wie eine fette Fliege? Ist wohl wer ertrunken hier in der Nähe. Mein Gott! Ich hoffe, Kathleen und Steven haben nichts Unüberlegtes angestellt.
Ich hole lieber mal den Revolver des Spaniers heraus, falls der Schrauber es tatsächlich darauf anlegt, mich zu ärgern.
Wieder Jacques' Stimme, dann wieder Joëls, beide vom

Wind verzerrt. Diese Stimmen tun mir wohl. Danke, meine Freunde, daß ihr gekommen seid, mir guten Tag sagen. Oder Lebewohl, ja, Lebewohl, das ist ja dasselbe. Danke, daß ihr hier seid, um meine letzten Worte zu hören, Worte eines Hundes, der Zeit seines Lebens geprügelt wurde. Ich will niemanden zu Tränen rühren, ich sage nur, daß ich Lust habe zu bellen. Au ja, ich belle. So. Jetzt habe ich gebellt. Wau, wau. Bambi Ohneschwanz hat sich umgedreht. Joël? Soll ich dir die Pfeife anstecken? Joël? Diesen letzten Gefallen kann ich dir doch tun, du warst auch immer so nett zu mir. Wo ist mein Feuerzeug? Ich habe es wohl in der Küche vergessen. Ich hole es, wenn die Krebse aufhören, meine Beine zu zerfressen. Mein Auge tut mir weh, die Viecher kriechen da auch rein. Wie denn? Jetzt blute ich auch an den Händen. Wahrscheinlich habe ich mich mit dem Brotmesser geschnitten. Oder war das gestern? Aber das sind nicht nur meine Hände, mein Fleisch klafft und blutet überall, frei unter dem Himmel von Corduoan. Stopft mich aus! Stopft mich aus! Was habe ich wieder getan? Ich blute überall wie Jesus am Kreuz, braucht ihr noch mehr, um zu verstehen, wie ich leide?

Geoffroy Lefayen, der »Henker von Cordouan«, wurde am 14. Januar gegen fünfzehn Uhr von den Männern eines Einsatzkommandos erschossen. Sein Tagebuch ist hier in der Form wiedergegeben, in der es aufgefunden wurde, bis auf die allerletzten Seiten, die nicht mehr zu entziffern waren.